Das Buch

»Im Berufsleben hat man es meistens mit Leuten zu tun, die wenigstens ein bißchen um die Mühen und Tücken der Arbeiten, die sie uns auftragen, wissen. Bei dem aber, was wir für unsere liebe Familie an Arbeit erledigen, ist das nicht so.« Schamlos ausgenutzt wird sie, die Mama, schuld ist sie an allem und selbstverständlich zuständig für alles. Sie waltet am Herde und im Kinderzimmer, sie pflegt soziale Kontakte und muß auch noch die »armen Männer« bemitleiden. In fünfzig ergötzlichen Glossen denkt Christine Nöstlinger über den »ganz normalen Wahnsinn« familiären Lebens nach. Mit dem Ergebnis: Salut für Mama!

W0085126

Die Autorin

Christine Nöstlinger, am 30. Oktober 1936 in Wien geboren, lebt als freie Schriftstellerin abwechselnd in ihrer Geburtsstadt und im Waldviertel. Sie schreibt Kinder- und Jugendbücher und ist für Zeitungen, Rundfunk und Fernsehen tätig.

Christine Nöstlinger:
Salut für Mama

Mit Illustrationen
von Christiana Nöstlinger

Deutscher
Taschenbuch
Verlag

Von Christine Nöstlinger
sind im Deutschen Taschenbuch Verlag erschienen:
Haushaltsschnecken leben länger (10804; auch als
dtv großdruck 25030)
Werter Nachwuchs (11321; auch als
dtv großdruck 25076)
Das kleine Frau (11452)
Manchmal möchte ich ein Single sein (11573)
Einen Löffel für den Papa ... (11633)
Streifenpullis stapelweise (11750)

Die feuerrote Friederike (dtv junior 7133)
Mr. Bats Meisterstück (dtv junior 7241)
Ein Mann für Mama (dtv junior 7307)
Liebe Susi! Lieber Paul! (dtv junior 7577)
Maikäfer flieg! (dtv junior 7804)
Der Denker greift ein (dtv junior 70164)
Susis geheimes Tagebuch (dtv junior 70303)
Liebe Oma, Deine Susi (dtv junior 75014)

Ungekürzte Ausgabe
April 1994
Deutscher Taschenbuch Verlag GmbH & Co. KG,
München
© 1992 Verlag Niederösterreichisches Pressehaus,
St. Pölten · Wien · ISBN 3-85326-960-0
Umschlagtypographie: Celestino Piatti
Umschlagbild: Christiana Nöstlinger
Gesamtherstellung: C. H. Beck'sche Buchdruckerei,
Nördlingen
Printed in Germany · ISBN 3-423-11860-1

Inhalt

ES WALTET AM HERDE

Als vorgestern der elektrische Strom wegblieb – in der Gegend, in der ich wohne, fast fünf Stunden lang –, war ich arbeitslos und konnte mir schöne Gedanken machen; Gedanken über die Art, wie unsereiner zu leben pflegt und wie er sich den Apparaten, Maschinen und Geräten der fortschrittlichen Sorte ausgeliefert hat.

Daß ich, wenn es keinen Strom gibt, nicht bügeln kann und nicht Staubsaugen, nicht Radio hören und nicht Haare fönen, ist mir schon immer klar gewesen. Daß ich, wenn es keinen Strom gibt, aber noch viel mehr nicht tun kann – nicht einmal die allereinfachsten Sachen, war mir nicht bewußt.

Meinem Broterwerb konnte ich nicht nachgehen, da sowohl meine kleine als auch meine große Schreibmaschine vom E-Netz abhängig sind und keine Handkurbel, auf die man umschalten könnte, besitzen.

Auch Kaffee konnte ich mir keinen kochen, obwohl ich einen Gasherd habe, denn Kaffeebohnen wollen zuerst einmal zerkleinert werden, und weder das supermoderne Mahlwerk noch die antike bäuerliche Ziermühle taten mir den kleinen Gefallen.

Und was der Geschirrspüler und die Waschmaschine in Normalzeiten für mich tun, war mir verwehrt, weil die Warmwasseraufbereitung ja lahmgelegt war und außerdem weder Rumpel noch Reibbürste, geschweige denn ein großer Wäschehäfen in meinem Haushalt vorhanden sind.

Sogar die Anfertigung der fürs Nachtmahl geplanten Leberknödelsuppe funktionierte nicht, denn vor ein paar Jahren habe ich hochnäsig die gußeiserne Faschiermaschine samt etlichen Sprudlern und Schneeruten in den Keller verbannt.

Ein Haushalt mit einer tollen Küchenmaschine – habe ich mir damals gesagt – braucht so einen altmodischen Kram nicht! Der nimmt nur Platz weg.

Und das Ausbürsten meiner blauen Jacke war am Mittwoch auch etwas mühsam, denn elektrische Kleiderbürsten haben nur einen fünf Millimeter dünnen Borstensaum; wenn man – ohne Strom – mit so einem Ding herumfummelt, kommt man sich wie ein echter Dodel vor.

Ja – so machte ich mir vorgestern meine Gedanken, während ich ziemlich untätig ausharrte. Aber sehr tief in die Materie konnten meine Gedanken anscheinend nicht eindringen, denn als ich alles exakt bedacht hatte, ging ich in die Küche und wollte mir – zur Beruhigung – ein Glas Karottensaft auspressen.

Ich kenne eine Frau, deren Arbeitstag beginnt um halb sechs Uhr am Morgen und endet kurz vor Mitternacht, weil sie außer ihrer Tätigkeit als Sekretärin einen Haushalt mit zwei kleinen Kindern zu versorgen hat. Ihre Wochenenden sind auch kaum erholsamer – bis auf ein wenig länger schlafen –, denn am Samstag und am Sonntag erledigt sie die Hausarbeit, die unter der Woche nicht mehr zu schaffen war.

Diese Frau hat einen Mann, der – wie man so nett sagt – im Haushalt keinen Finger rührt. Im Freundeskreis rätselt man sogar, ob er Brot schneiden kann.

Daß er sich weigert, seinem kleinen Sohn die Schuhe anzuziehen, habe ich selber schon gehört. »Geh zur Mutti, Burli«, sagt er dem Knaben, freundlich über den Zeitungsrand lächelnd.

Und wenn er in die Badewanne steigen will und die Wanne hat einen Schmutzrand, schlägt er Krach und brüllt, daß er in einem verlotterten Haushalt leben müsse. Der Hinweis, daß dieser Schmutzrand von seinem gestrigen Bad stamme, läßt ihn kalt. Er als Mann, sagt er, sei nicht zum Badewannenputzen geboren. Dazu sind die Frauen da.

Schimpft man ihn wegen dieses Verhaltens, erklärt er stur, er verdiene genug Geld, um eine Familie ordentlich zu ernähren. Seine Frau müsse ja nicht arbeiten gehen, auf das »bißchen Geld«, das sie verdiene, könne man verzichten. Daher sei es ausschließlich Angelegenheit seiner Frau, wie sie mit der »Doppelbelastung« fertig werde.

Die Frau wird nicht fertig damit. Weder mit der bösartigen Einstellung ihres Mannes noch mit der Doppelbelastung. Sie ist nur schön langsam schon »fix und fertig«. Aber Lösung sieht sie keine, und gute Ratschläge kann man ihr eigentlich auch nicht geben, denn alle Umerziehungsversuche fruchten nur bei halbwegs gutwilligen Männern.

Die guten Ratschläge hätte man in diesem Fall vor mehr als einem Vierteljahrhundert der Mutter dieses Herrn geben müssen, denn die hat ihm ja eine Kindheit und Jugend lang beigebracht, was er sich unter einer »guten Hausfrau und Mutter« vorzustellen habe.

Daß sie, aus Solidarität zu ihrer künftigen Schwiegertochter, dem Sohn das Badewannensäubern und Brotschneiden und Bettenmachen und drei Dutzend anderer Handgriffe beibringen sollte, ist ihr nie in den Sinn gekommen. Heute sieht sie das ein. »Wirklich, du bist ein sturer Bock«, schimpft sie ihren Sohn. Aber ein vierzigjähriger sturer Bock hört auch nicht mehr auf seine Mutter.

Wer überhaupt keine Ahnung vom Kochen hat, redet gern von »Kochkünstlern« und ist der Ansicht, die Qualität eines Essens hänge vor allem vom »begnadeten Kochtalent« der Köchin oder des Koches ab.

Ich wage dies zu bezweifeln. Kochen kann man, wie jedes andere Handwerk auch, erlernen. Und am wichtigsten beim Kochen ist sicher noch immer das, was meine Großmutter folgendermaßen formulierte: »Es kommt nichts aus dem Topf heraus, was nicht hineingekommen ist!«

Womit sie die simple Tatsache meinte, daß nur erstklassige Zutaten erstklassige Speisen ergeben. Der Meisterkoch, der aus einer zähledernen Gänsegroßmutter einen saftigen, wohlmundenden Braten erzeugt, der muß erst geboren werden.

Ist die Gans aber jung und frisch, das Backrohr in Ordnung und ein gutes Kochbuch vorhanden, muß sogar ein Mensch, der bisher nur Eierspeise und Steaks erzeugt hat, einen ordentlichen Gänsebraten brutzeln können, so er mit Aufmerksamkeit ans Werk geht. Auch das Rotkraut zu Gans und die Erdäpfelknödel kann er leicht schaffen, ohne mit einschlägigem Talent »begnadet« zu sein.

Warum dann trotzdem vielen jungen – und auch alten – Hausfrauen die Gans mit Kraut und Knödeln mißlingt, ist eine Sache des Endspurts. Gans allein, Knödel allein, Kraut allein hätten die meisten der Damen, die traurig ein abscheuliches Essen servieren, leicht geschafft. Bis zehn Minuten vor Ende der Kochschlacht ist ja auch alles perfekt gelaufen.

Doch dann war die Gans mit Weinbrand zu bepinseln,

und da stiegen gerade die Knödel hoch, und im Kraut-
reindl zischte es verdächtig, und der Köchinnenblick fiel
auf die Maroni, und die waren noch ungeschält, und wo
eigentlich die Preiselbeeren waren, mit denen die Birnen-
hälften gefüllt werden sollten, wußte nur der Himmel!

Da bricht dann die Panik aus!

Weil kein Lappen in Reichweite und die Gans schon
reichlich braun ist, greift die arme Köchin mit bloßen
Fingern nach dem Pfannengriff, verbrennt sich die Finger, flucht, sucht den Lappen, schüttet Rotwein ins zi-
schende Kraut – viel zuviel Rotwein – und kann es nicht
hindern, daß derweilen die Knödel im sprudelnden Wasser vergatschen.

Vier Hände müßte man haben, dann brauchte man kein
begnadetes Kochtalent!

»Wenn Ihnen das Wohl Ihrer Familie am Herzen liegt, dann ...«, so oder ganz ähnlich beginnen viele Werbespots, die dann im weiteren Verlauf suggerieren, was man tun müsse, um der Familie ihr Wohl zu erhalten.

Bis auf eine Ausnahme, bei der es um Werbung für eine Lebensversicherung geht, wenden sich die Wohlergehen-Appelle ausschließlich an Frauen. Die sind nach Werbefachmanns Hirn und Gemüt die familiären Wohlfahrts-Vollstrecker.

Es wäre aber ungerecht, nur den Werbemenschen diesbezüglich falsches Bewußtsein zu unterstellen. Sie schauen einfach – wie man so nett sagt – dem Volke aufs Maul.

Dieses ist ja meistens auch der Meinung, daß die Frauen fürs Familienwohl zuständig zu sein haben, was speziell dann zu merken ist, wenn es um das Wohl einer Familie nicht gut bestellt ist.

Ist eine Familie in arge Schulden geraten, fragt man rundum: »Kann denn die Frau nicht gut wirtschaften?«

Gerät ein Kind auf das, was man schiefe Bahn zu nennen beliebt, heißt es: »Hat sich die Mutter zuwenig gekümmert?«

Verbringt ein Mann seine Abende außer Haus in Lokalen, fragt man: »Kann ihm seine Frau kein gemütliches Heim schaffen?«

Und für das Wohl der Kinder sind natürlich die Mütter ganz besonders zuständig! An Lehrern und den Botschaften, die Kinder von diesen Lehrern übermitteln, kann man das gut erkennen.

»Die Frau Lehrerin hat gesagt, ich soll der Mutti sagen, daß ...« ist eine übliche Kindermitteilung, ob es nun um unzweckmäßige Kleidung, zu lange Stirnfransen, schlechten Lernerfolg, Zahnfalschstand oder Zuspätkommen geht.

Fast immer läßt die Frau Lehrerin der Mutti etwas ausrichten. Dabei könnte ich mir leicht vorstellen, daß die Frau Lehrerin zu Hause Kinder und einen Mann hat und manchmal darüber klagt, daß »immer sie für alles da sein soll« und daß es ungerecht ist, daß ihr Mann so wenig zum Wohl der Familie beiträgt, über die Geldabgabe hinaus.

Wäre ich Lehrerin, ich würde – justament! – lauter Botschaften an die Väter übermitteln! Ob es nun um Jausenbrote, Stirnfransen oder sonst etwas ginge! »Die Frau Lehrerin hat gesagt, ich soll meinem Vati sagen, daß er ...« wäre doch einmal eine brandneue Botschaft, die manchem Vater zu denken geben könnte.

Ich kenne eine Wohnung, in der sind die Fenster 2,5 m hoch, und ihre Oberlichten öffnen sich zur Straße hin. Der Wohnung zu haben die Fenster breite Fensterbretter, die morsch und seitwärts nur dürftig in den Wänden verankert sind. Blumentöpfe tragen diese Fensterbretter gerade noch.

Mit einer wischtuch- und wasserkübelbewaffneten Person darf man sie aber nicht belasten, sonst ist es »aus« mit ihnen; und mit der Person auch. Stellt man eine Leiter so nahe wie möglich an die Fenster – und das ist wegen der breiten Fensterbretter nicht sehr nahe –, erreicht man gerade die Unterkanten der äußeren Oberlichten mit den Fingerspitzen.

Man könnte natürlich – um die äußeren Oberlichten zu putzen – von der Leiter, über die Fensterbretter, auf die Fensterstöcke steigen und dort mit Wischern hantieren. Aber ohne Sicherheitsgurt wäre das leichtfertig. Und der Fachmann, den die Fensterbesitzerin zu Rate zog, weigerte sich, die erforderlichen Haken an die Fensterstöcke zu montieren, weil die Fensterstöcke genauso morsch wie die Fensterbretter sind.

Also betrachtete die Frau, die hinter den Fenstern wohnt, die Oberlichten für »unputzbar« und bezog sie in ihre haushalterischen Aktivitäten nicht mehr ein.

An sonnigen Tagen allerdings, wenn sie Damenbesuch hat, fallen ihr irritierte Damenblicke, zu den Oberlichten hin, auf. Dann erklärt sie die Sachlage.

Etliche Damen sehen die Sachlage ein und richten ihre Blicke wieder auf andere Dinge. Etliche Damen aber wollen Abhilfe schaffen. Und gestern hat ihr eine Dame, die

früher das gleiche Problem hatte, geraten, neue Fenster einsetzen zu lassen.

Das mache zwar, sagte die Dame, die Wohnung für Wochen zu einer Baustelle und koste irre viel Geld, lohne aber, weil die Oberlichten dann blitzblank erstrahlen können!

Die Frau mit den dreckigen Oberlichten wandte zaghaft ein, daß sie Baustellen nicht ausstehen könne und ihr Geld lieber für andere Dinge ausgäbe und sie sich an die dreckigen Scheiben schon gewöhnt habe. »An so was kann sich eine gute Hausfrau nie gewöhnen!« rief die Dame, die das Problem radikal gelöst hätte, mit sehr rügender Stimme.

Das verunsicherte die Besitzerin der dreckigen Oberlichten, denn eine »schlechte Hausfrau« will niemand sein. Sie löste das Problem jedoch mit Schläue. Morgen kommt der Tapezierer und montiert Rollos an die Innenseiten der Fenster. Die wird sie jetzt immer auf »Viertelmast« ziehen, wenn »gute Hausfrauen« zu Besuch kommen.

Manchmal ist auch der geübten Köchin zum »Aus-der-Haut-Fahren«. Gestern war es bei mir soweit! Neun Leute saßen bei mir herum und warteten auf ein Nachtmahl.

Ich war bereit, ihnen diesen Wunsch zu erfüllen, und wollte ihre kühnsten Erwartungen noch übertreffen. Wienerisch auf die beste Art sollte das Essen werden. Tafelspitz mit Beilagen machte ich. Mit Liebe und Geduld ging ich zu Werk.

Für den Apfelkren briet ich die Äpfel. Da wird der Apfelkren unübertrefflich! Und die Schnittlauchsoße rührte ich auf Urgroßmutterart aus passierten, in Milch erweichten Semmeln, rohen und harten Dottern, Öl und einem Hauch Weinessig.

»Göttlich«, lobte ich mich beim Abschmecken. Auch dem Erdäpfelschmarren widmete ich viel Aufmerksamkeit. Ein tolles Steak braten kann ja jeder, aber einen Erdäpfelschmarren so komponieren, daß sich die Esser um das letzte Fuzerl in der Pfanne raufen, darauf kommt es an!

Dann kochte ich noch Fisolen mit Dill und Kohlrüben mit Erbsen und Spinat mit Schalotten und tat meine schönen Beilagen in schöne Schüsseln und ließ sie von einem willigen Helfer zu Tische tragen.

Zufrieden hörte ich die »Ahhhs« und »Ohhhs« meiner Gäste bis in die Küche hinaus, wo ich gerade den Druckkochtopf öffnete und das Fleisch herausholte.

Ich setzte dem riesigen Fleischbrocken ein Messer an, ich legte das Messer weg und holte meine allerschärfste Klinge. Der Fleischbrocken widerstand auch dieser.

Steinhart war das Fleisch, nicht zäh, nicht ledern, unge-
nießbar hart wie ein Granitfelsen.

Nicht einmal Vampirzähne wären damit fertig geworden. Und zum Aufschneiden hätte ich einer kleinen, aber
effizienten Kreissäge bedurft. Also verließ ich zögernden
Schrittes die Küche, setzte mich zu meinen Gästen und
sprach: »Guten Appetit, mehr gibt's heut' nicht!«

Meine Gäste waren lieb und taten, als sei es die normal-
ste Sache der Welt, Tafelspitz ohne Tafelspitz zu essen.
Und endlich einmal blieben in meinen schönen Schüsseln
auch keine unschönen Reste.

Bis auf das letzte Erbserl, das letzte Spinatblatterl und
das allerletzte Erdäpfelfuzerl wurde alles weggeputzt.
Aber zum Aus-der-Haut-Fahren war es trotzdem!

Alles in Ordnung?

Wenn ein Haushalt reibungslos funktionieren soll, ist eines der obersten Gebote eine »schöne Ordnung«: Der Mensch, der in der Küche werkt, muß sich darauf verlassen können, daß sich seine Arbeitsgeräte exakt dort befinden, wo sie hingehören.

Familienmitglieder aber, die nur hin und wieder in der Küche hantieren, verletzen dieses Gebot latent.

Sie nehmen – zum Beispiel – den einzigen guten Stoppelzieher aus der linken Kredenzlade, öffnen mit ihm ihre Rotweinflasche und stecken ihn – zwischen zwei Kochbüchern – auf das Küchenbord. Ein paar Tage später steht dann der ratlose Haushalter mit einer fest verkorkten Madeiraflasche vor der linken Kredenzlade und flucht und sucht.

Und inzwischen verbrutzelt ihm die Soße, die des Madeiraweins bedurft hätte.

Hübsch ist es auch, wenn man nach dem großen Sieb greift, das immer am zweiten Haken links hängt, und ins Leere greift. Da man seinen Lieben aber die Suppe ohne Knochensplitter servieren will, sucht man die ganze Küche nach dem Sieb ab. Zuerst etwas oberflächlich. Dann detailliert. Das Sieb bleibt verschollen.

Man hilft sich fluchend mit einem Teeseicherl und verschüttet dabei – ungeduldig geworden – zwei Portionen guter Suppe.

Das große, feine Sieb entdeckt man erst am Abend im Badezimmer. Verklebt mit Teeblättern zeugt es davon, daß da jemand einen heilenden oder verschönernden Absud erzeugt hat.

Besonders irritierend auf die Küchenarbeit wirken sich

Verwandte und Freunde aus, die zu Besuch sind und uns helfend zur Seite stehen. Diese Leute pflegen nämlich Dinge dort hinzutun, wo sie bei ihnen zu Hause üblicherweise gelagert werden. So meinte ich einmal, nach verzweifelter Suchaktion, mein riesiger Nudeltopf habe sich rätselhafterweise in Luft aufgelöst, und ging einen neuen kaufen. Als ich am nächsten Tag einen Kuchen ins Backrohr schieben wollte, erblickte ich das gesuchte Stück.

Meine Mutter hatte es dort hineingeschoben und fühlte sich ohne Schuld. »Dort gehört er auch hin«, sagte sie mir. »Bei mir steht er seit sechzig Jahren dort! Da ist er nicht im Weg!«

Aber die schrecklichste Heimsuchung sind Leute, die in einer Art von Trance wichtige Dinge in Osterhasenmanier deponieren. Etwa den Kellerschlüssel in der Schachtel mit den Rexglas-Spangen. Hinter solche Tükken kommt man – unter Umständen – erst, wenn man umzieht.

Dann braucht man allerdings den Kellerschlüssel nicht mehr.

Nicht nur die einschlägige Werbung, auch Hausfrauen ohne absatzgeile Hintergedanken singen vielen »Helfern im Haushalt« auf dem Sektor Putzmittel und Säuberungsgeräte ein Loblied.

Begeistert reden sie von einem neuen Reinigungssaft und schwören auf eine ganz gewisse Drahtwaschelart. Oder versichern, daß sich ihr Arbeitsalltag seit der Anschaffung eines speziellen Patentschrubbers wesentlich sonniger gestalte als vordem.

Ich habe keinen Anlaß, diesen lobenden Hausfrauen zu unterstellen, sie seien einfach einer cleveren Werbung auf den Leim gegangen, denn es gibt tatsächlich sowohl teure als auch billige »Hilfen im Haushalt«, die uns die Arbeit erleichtern.

Nur ein Ignorant kann meinen, daß ein Holzboden mit Schmierseife, Stahlwolle und Bienenwachs genauso leicht zu pflegen sei wie mit einem modernen Pflegemittel.

Reibsand und Drahtwaschel sind jedem Spülmittel, ob mit Zitrone oder ohne Kamille, weitaus unterlegen. Und sämtliche Geräte, die Schmutz von Teppichen saugen, rollen oder schäumen, sind, im Vergleich zum Teppichklopfen, ein wahrer Segen.

Aber ich möchte in das Hausfrauenloblied einen »Helfer« einbeziehen, der mir bisher in den Lobliedern zu kurz kam:

Meinen rechten Daumennagel!

Wo harte wie weiche Spülmittel versagten, kratzte er das letzte Fuzerl vom Angebrannten aus dem Reindl, wenn der beste Patentschrubber mit dem festgetretenen Kaugummi nicht zurechtkam, löste er ihn vom Parkett, und als kein Reinigungsschaum der kleinen Klümpchen im Zottelteppich Herr wurde, mußte sie mein Daumennagel entfernen.

Auch der Supersaugkraft meines Superstaubsaugers ist mein Daumennagel – im Ernstfall – weit überlegen: sowohl was die Entfernung von Fädchen als auch die von schräg eingebohrten Stecknadeln betrifft. Dazu kommt noch, daß mir mein Daumennagel jederzeit zur Hand ist!

Hin und wieder, freilich, bricht der treueste und beste aller meiner Haushaltshelfer ab. Aber er wächst wieder nach zu alter Kraft und Einsatzbereitschaft. Und dies völlig gratis!

Was ein Verhalten ist, das ich an leeren Putzmittelflaschen, abgescheuerten Wascheln und glatzigen Bürsten und anderen defekten Reinigungsgeräten noch nie beobachten konnte.

Was heißt hier leichte Speisen?

In letzter Zeit höre ich immer wieder, wenn ich bei meinen Lieben anfrage, was sie denn gern essen möchten: »Etwas Leichtes!« oder »Etwas Zartes!« und: »Nur eine Kleinigkeit!« und: »Etwas Duftiges ohne Kalorien!«

Dieser Essenstrend scheint nicht nur bei den Leuten, die ich bekoche, im Schwange zu sein. Auch andere Frauen sagen mir, daß bei ihren Lieben Schweinsbraten und Knödel und Nockerln und Sterz und Gulasch und Schnitzel »out« sind.

Gegen diesen kalorienarmen Geschmackstrend wäre ja – im Interesse einer gesunden Ernährung – gar nichts zu sagen, wenn ich bloß wüßte, wie man einen halbwegs abwechslungsreichen Speisezettel aus duftigen, zarten, leichten Kleinigkeiten zusammenstellt.

Was mir in dieser Richtung einfällt, sind lauter Luxusspeisen: Forelle Blau, Kalbsleber natur, Shrimpscocktail, junger Spinat mit Mozarella, Kalbsmedaillon mit Spargel, Fenchel mit Schinken überbacken . . .

Da mein Haushalt kein »Neue-Wiener-Küche-Fünf-Stern-Lokal« ist, lehne ich, vor allem aus Kostengründen, so einen Speiseplan ab.

Das Angebot in den Läden aber, die ich einkaufend besuche, bringt mir auch keine duftigen Kochideen. Da gibt es Kohl und Kraut, bleiche Paradeiser, Karotten, Rindsschnitzel und Stelzen, Bohnen, Erbsen, Nudeln, Mehl . . .

Und mein Kochhirn denkt: Rindsrouladen mit Nudeln, Bohnengulasch, Kohl mit Knackwurst, Stelze mit Kraut . . . Also ziehe ich meine zwanzig Kochbücher zu Rate und lese mich durch Fettes, Üppiges, Voluminöses und finde auch hie und da eine halbwegs preiswerte, zarte

leichte Speise, deren Zutaten sogar im Jänner leicht zu erwerben sind.

Frohgemut erzeuge ich diese zarte, kalorienarme Köstlichkeit. Frohgemut verschlingen meine Lieben diese zarte, kalorienarme Köstlichkeit und loben mich für meine Kochphantasie und erklären mir, daß sie sich nun viel wohler fühlen als mit den üblen drückenden Knödeln im Bauch.

Aber eine Stunde nach Beendigung des belobten Mahls sehe ich einen nach dem anderen in die Küche eilen und dicke Hausbrotscheiben mit Grammelschmalz bestreichen. Und mampfend bereden sie dann, ob Zwiebelringe mit Paprika oder Knoblauch mit Pfeffer die bessere Grammelschmalzauflage sei.

Man soll sich wirklich nicht den Kopf über kleine, duftige Häppchen zerbrechen!

Nur wer einen Arbeitsvorgang halbwegs beherrscht, kann wissen, ob er eine handwerkliche Spitzenleistung ist oder eine Lehrbubenbeschäftigung.

Im Berufsleben hat man es meistens mit Leuten zu tun, die wenigstens ein bißchen um die Mühen und Tücken der Arbeiten, die sie uns auftragen, wissen. Bei dem aber, was wir für unsere liebe Familie – um Gotteslohn – an Arbeit erledigen, ist das nicht so.

Söhne, Töchter und Ehemänner haben üblicherweise keine Ahnung, welche von den »Kleinigkeiten«, um die sie uns bitten, tatsächlich nur Kleinigkeiten sind und was uns davon mit Horror erfüllt.

Der Durchschnittsmann macht keinen Unterschied bei Löchern! Ob das Loch in seiner Kleidung durch eine aufgeplatzte Hemdnaht, eine durchgewetzte Sokkenferse oder einen schleißigen Hosensack gegeben ist, erscheint ihm egal. Er kann nicht begreifen, wieso seine Frau willig die Hemdnaht schließt, seufzend den Socken stopft, aber trotz mehrmaligem Ersuchen den Hosensack in seinem zerschlissenen Zustand beläßt.

Auch die Tochter meint, daß die Mama ihren mürrischen Tag habe, weil sie sich so grantig ans Heraustrennen des kaputten Jeans-Zippverschlusses macht. Wo die Mama doch gestern ohne jegliches Murren einen neuen Zipp in den Sommerrock genäht hat!

Wer noch nie mit Nagelschere und Rasierklinge fluchend an bockigen Jeans herumgewerkelt hat, wem noch nie drei Maschinennähnadeln beim Steppen über die unwilligen Jeans-Übernähte abgebrochen sind, der hat eben keine Ahnung, daß er uns eine wahre Zumutung aufs Nähkörberl gelegt hat.

Dafür aber heimst man dann wiederum allergrößtes Lob für Minimalleistungen ein und wird – zum Beispiel – als grandiose Meisterköchin gefeiert, weil die Kalbslungenbratenfilets so ungeheuer köstlich und zart geschmeckt haben.

Daß jedes halbwegs schmackhafte Erdäpfelgulasch mehr Kochmühe macht und mehr Kochwissen verlangt als das Abbraten von Filets, wissen eben auch nur die, die kochen können.

Das Dumme an der Sache ist leider nur, daß in den meisten Haushalten öfter Hosensäcke schleißig werden und Jeans-Zippverschlüsse kaputtgehen, als Kalbslungenbratenfilets auf den Tisch kommen.

Fast jeder Mensch – abgesehen von den Ausnahmen der Allesfresser – hat seine Lieblingsspeisen, aber auch seine Grausgerichte.

Doch außerdem haben viele Leute noch plötzlich »Gustos« nach Nahrungsmitteln, die sie ansonsten nicht besonders mögen, und ich hege den Verdacht, daß diese Gustos besonders dann keimen und blühen, wenn das spezielle Nahrungsmittel rar oder auf dem Markt gar nicht vorhanden ist.

Habe ich vier Paar Frankfurter gekauft und biete sie zum Nachtmahl an, ziehen meine Lieben ein sogenanntes »Schnoferl« und stöhnen erbarmungswürdig.

Würstel, werde ich belehrt, seien so gar nicht nach ihrem Geschmack. Rindfleisch zum Gemüse, das wäre richtig! Oder wenn schon Würstel, dann Bratwürstel!

Und dann macht sich der einzig gutmütige Liebe, den ich habe, lustlos über die Frankfurter her, und die anderen Lieben streiken und kramen selbstversorgerisch im Eisschrank.

Habe ich aber nur ein einziges Paar Frankfurter erstanden, und dies ausschließlich aus dem Grund, weil ich selbst danach »Gusto« hatte, wird dieses Würstelpaar zum Objekt der Sehnsüchte meiner Lieben.

»Jö, Würstel!« ruft jeder, der die Eisschranktür öffnet, ganz gierig. »Kann ich die haben?« Und macht ein arg trauriges Gesicht, wenn ich sagen muß, daß ich die Würstel leider schon der Schwester versprochen habe. (Eine taktvolle Hausfrau und Mutter läßt ja sofort von ihrem Besitzanspruch an Würsteln ab, wenn irgendein anderes Familienmitglied danach giert.)

Noch ärger ist es, wenn eine Sorte Eßware gar nicht vorhanden ist. Wochenlang liegt bei uns oft Schokolade herum. Und niemand mag sie haben.

Dann kommt ein Besuch, nimmt sich der Schokolade an und futtert sie weg, und kaum ist der Haushalt bar aller Schokolade, greinen meine Lieben: »Ich hätt' so gern ein bisserl Schokolade! Ein Eckerl wenigstens!«

Aber was wundert's mich! Es ist ja nicht nur beim Essen so. Man beobachte bloß einmal drei Damen vor einem Strumpfhosen-Sonderangebots-Wühlkorb. Sind in dem viele rote, blaue und gelbe Hosen, aber nur eine grüne, kann man wetten, daß alle drei Damen Hand an die grüne legen und zerren.

Selbige drei Damen aber würden vor einem Korb mit vielen grünen Hosen und einer einzigen roten garantiert nach der roten grapschen. Da bin ich mir ganz sicher.

Die Personen, die üblicherweise essen, was ich koche, haben unregelmäßige Mägen. Einmal brauchen sie, um diese zu füllen, drei Schnitzel, einmal reicht ein halbes zur rülpsenden Sattheit. Einmal fallen sie über das Gemüse her wie ausgehungerte Vegetarier, einmal kosten sie davon wie neugierige Hauskatzen.

Die Quantität der Nahrung also, die ich zubereiten muß, ist eine ungewisse. Denn auch freundliche Anfragen, wie es denn um die Aufnahmebereitschaft der Mägen so stehe, fruchten kaum. Ein hungriger Mensch nämlich, dessen Magen um 19 Uhr nach einer Pfanne voll Nockerln verlangt, kann bis 20 Uhr soviel »Durchbeißer« verschlungen haben, daß er kein einziges Nockerl essen kann.

Es soll Hausfrauen geben, die sich bei der Quantität des zu Kochenden nach den Minimalbedürfnissen richten. Das ist sicher vernünftig. Dann mampfen eben die guten Leute nach dem Essen »Durchbeißer«. In unseren mitteleuropäischen Mittelstandshaushalten verkommt man nicht! Da sind Wochenrationen von Joule in Laden und Kästen verborgen.

Ich gehöre aber leider nicht zu der einsichtigen Sorte Hausfrau, die dessen eingedenk ist. Ich meine immer, einer meiner Lieben könne verhungern.

Wenn ich am Montag die Frage »Ist noch was da?« mit »Nein« beantworten muß, koche ich am Dienstag in einer Rein, Format: Ausspeisung. Aber am Dienstag fragt mich leider keiner, ob noch etwas da ist. Am Dienstag nippen sie alle wie die Elfen! Vom Dienstagessen bleibt also – außer meinem Frust – ein sogenanntes »Restl«.

Dieses fülle ich vom Riesenreindl in ein kleineres um und stelle es in den Eiskasten. Dort steht es tagelang. Ich biete es, beredt wie ein Zeitschriftenvertreter, jedermann in regelmäßigen Abständen an. Aber keiner will es haben. (Ich auch nicht!)

Bis sich dann, trotz Gefrierschrankkälte, das »Restl« verfärbt oder zersetzt, bis es vertrocknet oder verschimmelt oder sonstwie indiskutabel aussieht. Oder riecht.

Dann werfe ich es weg.

Und knapp danach huscht einer meiner Lieben zum Eiskasten, betrachtet suchend seinen Inhalt, fragt nach dem Weggeworfenen und gibt an, »irrsinnige Lust« danach zu haben.

»Weggeworfen?« fragt das Familienmitglied und macht fast echte Dritte-Welt-Augen. Dann stehe ich da und fühle mich schuldig und habe nur eine Sehnsucht: endlich auch einmal ein schuldloser Kostgänger sein zu dürfen!

Es gibt Mütter, die wissen über ihre Kinder nur Gutes zu erzählen. Erkundigt man sich bei ihnen nach Befinden und Gedeihen des Nachwuchses, hört man, daß alles zum besten stehe, es keinerlei Probleme gebe und Söhne wie Töchter den Eltern nur schiere Freude bereiten.

Es gibt auch Mütter, die braucht man gar nicht nach dem Befinden und Gedeihen ihrer Kinder zu fragen, denn sie jammern und klagen ungefragt drauflos und berichten einem von Trotzphasen, Pubertätskrisen, Unbescheidenheit und Faulheit und sonstigen Mängeln ihres Nachwuchses.

Den Schluß zu ziehen, die freudig lobenden Mütter hätten eben wohlgeratene Kinder und die klagenden Mütter hätten eben ungeratene Kinder, wäre sehr falsch.

In Wirklichkeit kann eine Mutter, die kein böses Wort über ihren Nachwuchs fallen läßt, viel mehr Sorgen und Kummer mit diesem haben als eine Mutter, die an jeder Straßenecke bereit ist, jeder Bekannten ihr Herz auszuschütten und ihrem Unmut Luft zu machen.

Und dann gibt es natürlich noch die Mütter, die je nach Gesprächspartner positiv oder negativ über die Kinder berichten.

Zu Frau A., die mit drei mustergültigen Vorzugsschülern gesegnet ist, welche zudem noch tadellose Manieren und ein sonniges Gemüt haben und ihre Mutter uneingeschränkt verehren, spricht Frau B. nur Lobendes über ihre Kinder.

Zu Frau C. aber, die ob ihrer latenten Schwierigkeiten mit Sohn und Tochter allseits bekannt ist, sagt Frau B.: »Ihnen kann ich es ja sagen! Sie verstehen mich ja!« Und dann kommt ein langes Klagelied über Sohn oder Tochter, das nicht nur Frau B., sondern auch Frau C. guttut, weil es immer schön zu wissen ist, daß man mit seinen Sorgen »nicht allein dasteht«!

Solchem Verhalten könnte man natürlich eine gewisse kindische Unreife attestieren, die einer Mutter schlecht ansteht.

Aber wer schon einmal so einer Supermutter, bei der zu Hause »die heilste aller heilen Welten« herrscht, seine Sorgen mit den Kindern erklärt hat und im Blick der Dame, die alles so gut schafft, nicht nur Mitgefühl, sondern auch Stolz über die eigene Situation hat funkeln gesehen, der wird einsehen, daß das »kindische Verhalten« das einzig angebrachte in solcher Lage ist.

Diät: Jetzt schmeckt einfach alles!

Gestern am frühen Abend kam mir plötzlich der Einfall, meine Sommergarderobe durchzuprobieren, weil ich wissen wollte, welche der edel knittrigen Leinenmonturen und der nicht minder edel lappigen Seidendinger des Vorjahres meinen modischen Ansprüchen noch genügen können.

Seither geht es mir schlecht! Das sommerliche Zeug ist zwar durchaus und durchwegs noch recht reputierlich, aber ich fülle es leider allzu heftig aus.

Knappe zwei Kilo habe ich seit vorigem Sommer zugenommen, und diese zwei Kilo haben sich satanischerweise nicht artig über den ganzen Leib verteilt angesiedelt, sondern lagern unartig ausschließlich um meine Mitte herum.

Schließe ich einen Rock- oder Hosenbund der vorjährigen Kleidung, fühle ich mich beengt und muß unschöne Aufwölbungen von Fett über der Taille wahrnehmen.

Von einer »Fettschürze«, wie das die Mediziner nennen, kann nicht die Rede sein, aber eine »Fettwurst« läßt sich zwischen Daumen und Zeigefinger unschön fassen.

Und meine Lieblingshose läßt sich überhaupt nur mehr schließen, wenn ich mich flach auf den Rücken lege, weil in dieser Lage der Bauch einsinkt.

Mit einer neuen Garderobe – eine Nummer größer – wäre Abhilfe zu schaffen, da dies aber eine sehr kostenintensive Lösung ist, verfiel ich gestern am frühen Abend auf die Idee, mein Körpergewicht einfach um zwei Kilo zu reduzieren.

Und seither geht es mir schlecht, denn seither habe ich

etwas, was ich noch nie hatte: Hunger! Der Hunger rührt nicht daher, daß ich mir Eßwaren versage, denen ich ansonsten reichlich zuspreche.

Ich bin üblicherweise überhaupt keine freudige Fresserin, und man muß mir einen Bissen dreimal andienen, bevor ich ihn lustlos konsumiere. Doch seit gestern abend, seit ich mir »Diät« verordnet habe, erscheint mir alles Eßbare im Hause als der Gipfel der Leibesgenüsse.

Schon dreimal zuckte meine Hand nach einem reichlich alten Scherzel Nußstrudel, den ich früher nie, aber wirklich nie, als eßmöglich in Betracht gezogen hätte. Sogar an einem Sack Rosinen wollte ich mich schon vergreifen, wo ich doch dafür bekannt bin, daß ich Rosinen sogar aus dem Apfelstrudel entferne und am Tellerrand lagere.

Und in der Nacht träumte ich von einem Schmalzbrot! Seit ich abnehmen will, kann ich nur noch ans Essen denken. Das ist kein Leben! Ich werde mit mir einen Kompromiß schließen und die Bundknöpfe versetzen!

Von der Stadtfrau zum Landmann ...

Der Umstand, daß ich seit geraumer Zeit mein Leben in ein Stadtleben und ein Landleben geteilt habe, bringt es mit sich, daß sich mein Haushalt nicht nur verdoppelt, sondern auch bis weit über die Türschwelle hinaus ausgedehnt hat.

Denn rund um ein Haus am Land befindet sich das, was man »bebaubaren Boden« nennt. Jahrelang hält es der Mensch, der so einen Boden sein eigen nennt, aus, ihn bloß mit Blumenzwiebeln zu bestecken und mit Stauden, blühender Art, zu bestücken.

Aber irgendwann einmal, meist bei Petersilie, Schnittlauch und Dille beginnend, wächst dann der Wunsch in ihm, die für die Haushaltsführung nötigen Kräutlein, Wurzeln und Gemüsesorten nicht mehr außer Haus zu kaufen, sondern hinter dem Haus zu ernten.

Also werden Fachgespräche mit Nachbarn geführt. Fachbücher konservativer und rein biologischer Art gekauft, Säcke voll Torf und Erde angefahren. Die Bauweise und die Vorteile eines Hügelbeetes werden zum Abendgespräch, und bunte Sackerl mit kolossal neuartigen Saatbändern und beschichteten Saatkörnern werden erstanden.

Viel Arbeit macht das, aber die Vorfreude auf reiche Ernte läßt einen diese Arbeit leicht von der erdbraunen Hand gehen.

Und wenn dann die diversen Keimblättlein sprießen und die Fühlingssonne seit Tagen vom Himmel lacht, dann fühlt man sich rundum zufrieden und kauft noch sechs Dutzend Pflänzlein der Arten Kohlrabi, Karfiol und Kochsalat, und versenkt sie in die Beete und hält seinen erweiterten Haushalt für bestellt.

Und dann kommt das Osterwetter, von dem man eigentlich wissen sollte, wie es sich seit Jahren zu verhalten beliebt, und tut den Salatpflanzen Nachtfröste an, schneit eiskalten Schnee auf die Spinatpflanzen, läßt aus junger Kresses erstem Blatt das letzte werden, macht aus kraftstrotzenden Erdbeerblättern gelbmatschigen Brei.

Was, frage ich mich, tut die Stadtfrau, die zum Landmann werden wollte, nun? Hofft sie darauf, daß sich Salat, Erdbeeren und Liebstöckel wieder erholen und aufrichten? Oder reißt sie das österlich Verwüstete aus und setzt hurtig Neues ein? Oder streut sie zehn Kilo Grassamen über das Gärtlein?

Da mir masochistische Neigungen fremd sind, neige ich zur Lösung: Grassamen. Und hoffe darauf – da mir Hoffen zum Lebensprinzip geworden ist –, daß irgendwann einmal im Juli mitten aus dem Gras saftiger, prächtiger Kohlrabi wachsen wird.

Mütter von erwachsenen Kindern machen sich oft Gedanken über die Art, wie sie ihre Kinder großgezogen haben und ob ihnen dabei Fehler unterlaufen sind. Die Ergebnisse dieser selbstkritischen Denkanstrengungen fallen recht verschieden aus.

Ich kenne Mütter, die geben gelassen zu, daß sie Erziehungsfehler an Erziehungsfehler reihten und nicht immer so agierten, wie man es hätte erwarten können, und aus Unwissenheit, Ungeduld, Ignoranz oder sonst einem individuellen Grund den Kindern nicht sehr gerecht wurden.

Andere Mütter finden, so sehr sie sich auch mühen, weder Fehl noch Tadel an ihrer Erziehungsarbeit. Sie haben alles getan, und es war genau richtig! Gegen jedermann verteidigen sie ihre Aufzuchtsmethoden, und wenn die erwachsenen Kinder – rückblickend – herummäkeln, sind sie gekränkt und nehmen übel.

Warum die einen Mütter längst verjährtes Fehlverhalten zugeben können und die anderen nicht, wird verständlich, wenn man ihre Kinder betrachtet. Sind Kinder so geworden, daß Mütter und Umwelt an ihnen nichts auszusetzen haben, und sie selbst mit sich auch halbwegs zufrieden sind, können die Mütter Erziehungssünden leicht zugeben.

Vom Ende-gut-alles-gut-Standpunkt aus haben sie leicht reden. Das prächtige Kind ist ja Beleg dafür, daß sie sich nicht in Schuldgefühlen zerfleischen müssen.

Ist ein Kind aber nicht so geworden, wie es die Mutter wünschte, die Umwelt fordert und das Kind selbst gern sein möchte, bezieht die Mutter eine verteidigende Position und besteht darauf, an ihrem Kind stets ohne Fehl gehandelt zu haben.

Solange es bei uns üblich ist, Müttern zu 100 Prozent die Verantwortung für die Entwicklung der Kinder aufzuhalsen, ist das ein verständlicher Ausweg. Schuldgefühle kann der Mensch nur in Maßen ertragen. Die Schuld am verpfuschten Leben des Kindes zu haben ist unerträglich. Daher muß die Mutter abblocken und sich zur untadeligen Erziehungsperson erklären.

Hilfreicher wäre allerdings, Fehler zuzugeben und zu erforschen, warum sie passierten. Dann würden Müttern bald die Zusammenhänge zwischen dem, was sie Kindern antaten, und dem, was ihnen selbst angetan wurde, klar.

Und sie würden nicht mehr glauben, daß sie es unter den gegebenen Umständen hätten schaffen müssen, glückliche, prächtige Wesen großzuziehen. Und das bißchen »Schuld«, das sie sich dann noch zuschreiben müßten, wäre für sie leicht tragbar.

Es gibt Kinder, die fast immer ihren Willen gegen den Willen der Eltern durchsetzen, und es gibt Kinder, die das nie schaffen. Dieses unterschiedliche Durchsetzungsvermögen kann nicht nur vom Erziehungsstil der Eltern abhängen.

So einfach, daß gutmütige, tolerante Eltern willensstarke Kinder haben und autoritäre Eltern willensschwache Kinder, ist die Sache nicht, denn es gibt auch Familien mit mehreren Kindern, wo ein Kind »immer alles erreicht« und die anderen sich brav einfügen, unterordnen, anpassen – egal, wie man es nennen mag –, ihren Willen jedenfalls nicht durchsetzen.

Ich kenne viele Erwachsene, die es heute noch dem Bruder oder der Schwester übelnehmen, daß diese seinerzeit in Kindertagen »immer ihren Kopf durchgesetzt haben«.

Und fast alle diese Leute meinen, die Eltern hätten eben das Geschwister viel lieber gehabt und ihm deswegen mehr »durchgehen lassen« und mehr Zuwendung zukommen lassen.

Dem kann so sein, ist aber nur selten so!

Kinder, die ihren Willen durchsetzen, haben einfach die bessere »Durchsetzungsstrategie«. Sie sind nicht kompromißbereit, nicht »konstruktiv-aktiv«, wie das fachsprachlich heißt.

Sie setzen entweder auf »Steuerung durch Vorwürfe und Entwertung«. Sie jammern etwa: »Alle bekommen mehr Taschengeld, auch die, die ärmere Eltern haben! Nur ich darf nie etwas haben! Ihr seid ja so gemein!«

Oder sie legen sich »Anpassung im Sinne sozialer Erwünschtheit« zu. Sie sind »lieb«, sie betteln, sie geben Papa und Mama Küßchen und Unmengen von Streicheleinheiten.

Und natürlich kann ein Kind seine Eltern auch noch durch »Bestrafung und Ignorieren« steuern. Es schreit, es nervt, es tobt, es macht Sachen kaputt oder ist trotzig und stumm und bricht die Kommunikation einfach ab und tut unbeirrbar weiter, was es nicht tun sollte.

Und Sie, geneigte Leserin, die Sie Ihre Kinder so vorzüglich zu lenken, zu leiten und zu steuern wissen, welcher »Durchsetzungsstrategie« Ihrer lieben Kleinen fallen Sie zum Opfer?

Jetzt, wo ich Ihnen das so schön fachsprachlich erklärt habe, muß es für Sie ja ein leichtes sein, das festzustellen!

Der Ernst des Lebens beginnt am Klo!

Der Schulanfang naht im Eiltempo, und viele Mütter, die heuer ihren Nachwuchs in der Taferlklasse abgeben werden, fragen sich beklommen, wie ihr Kind die neue Lebenssituation schaffen wird.

Wird es mit der Lehrerin auskommen? Kann es denn still sitzen? Wird es »MAMA« und »MIMI« ohne zu murren in gleichmäßigen Lettern zu Papier bringen?

Sicher, das sind Fragen, die fast jede Mutter stellt. Nur, so ein Taferlklaßler muß sich nicht bloß mit dem Lehrer und dem Lehrstoff auseinandersetzen, sondern auch mit seinen Mitschülern.

Oft ist das ein viel größeres Problem für ihn. Doch die Mütter machen sich darum weit weniger Sorgen.

Natürlich liegt es nicht in der Macht einer Mutter, ihrem Kind zu allgemeiner Beliebtheit bei den Altersgenossen zu verhelfen.

Wie ein Kind bei anderen Kindern »ankommt«, hängt von vielen Dingen – wie Schönheit, Charme, Heiterkeit, Offenheit, Spontaneität und anderen unwägbaren Eigenschaften – ab, die eine Mutter, trotz größten Bemühens, dem Kind nicht antrainieren kann.

Aber eines ist schon sicher: Selbständige Kinder werden von ihren Kollegen eher akzeptiert, respektiert und für »voll« genommen als arme Hascherln.

Wer seine Schuhbänder nicht binden kann und mit dieser Arbeit die Frau Lehrerin belästigen muß, ist bei den anderen Kindern leicht unten durch.

Wer am Klo wischenden Beistandes bedarf, diesen sich aber nicht einfordern traut und trotz zwickenden Bauches den Drang verhält, ist – abgesehen von körperlichen

Schäden, die dadurch entstehen können – auch kein Pausengenosse, an dem man seine Freude haben kann.

Wer seine Jacke schief zuknöpft und nach dem Turnen verkehrtherum in die Hose steigt, fällt leicht in der Achtung der Mitschüler, die ja immens stolz sind, das alles schon »selber« zu können.

Darum, liebe Taferlklaßler-Mamas, bedenkt es: Ob Ihr Schulanfänger schon weiß, wieviel drei und drei ist, oder ob er es noch ablehnt, die Zahl sechs überhaupt zur Kenntnis zu nehmen, ist nicht von großer Bedeutung. Er und seine Lehrerin werden sich schon einigen.

Üben Sie lieber, und sei es in letzter Minute, Schuhbandelbinden! Und wenn es gar nicht klappt, kaufen Sie Schlüpfer! Und üben Sie am Klo! Ihr Kind hat mehr davon als von der größten Schultüte und der 48er-Packung Ölkreiden.

»Päng – päng!« – »Plem – plem?«

Daß vernünftige Eltern ihren Kindern kein Kriegsspielzeug schenken sollen, weiß heutzutage jeder. Mir sind
auch keine Väter und Mütter bekannt, die freudigen Her-
zens und aus eigenem Antrieb nach Plastik-Colts, Ge-
wehren, Säbeln und sonstigem Mordgerät Ausschau halten, um ihren Sohn damit zu überraschen.

Die Zeiten, wo Papis mit ihren Bubis und viel Zinn
Schlachten nachstellten und Mamis die Bubis Kriegslie-
derchen lehrten, sind längst vorbei. Niemand erzieht
mehr auf »Der Kaiser braucht Soldaten« hin.

Trotzdem sehe ich viele Buben, deren Eltern ich als
friedliebend und Kriegsspielzeug abhold kenne, mit Waffen herumsausen und höre sie »Päng – päng« kreischen
und muß mich gegen ihr Ansinnen, »maustot« umzukip-
pen, wehren. Die Eltern schauen leidvoll zu und klagen:
»Es ist ein Jammer mit ihm!«

»Warum habt ihr ihm denn das Zeug auch gekauft?«
frage ich dann aus der sicheren Position des Menschen,
dessen Kinder erwachsen und dazu noch Töchter sind.
Als Antwort höre ich: »Weil er seit Jahren hartnäckig
darum bettelt!« Oder: »Der Opa hat ihm den Colt geschenkt!« Oder: »Er hat ihn gegen fünf Bücher von seinem Freund eingetauscht!« Oder auch: »Weil es wurscht
ist. Vorher hat er jedes längliche Ding als Pistole be-
nutzt!«

Nun könnte man ja sagen, die geschenkten Waffen sei-
en zu konfiszieren, und Bettelei oder Umfunktionieren
von harmlosen Gegenständen zu Tötungswerkzeugen sei
kein Argument für den Ankauf von Kinderwaffen. Für
mich sind es Argumente!

Strikte Verbote nützen bei Kriegsspielzeug genausowenig wie sonst in der Erziehung. Von einem Kind, dem der Umgang mit Kriegsspielzeug untersagt ist, müßte man ja erwarten, daß es diese Horror-Dinger nie von Freunden borgt. Und daß es, wenn die Freunde Cowboy spielen, nach Hause geht oder sagt: »Pfui! Ihr spielt ein häßliches Spiel! Man darf nicht totschießen!«

Können Sie sich so ein Kind vorstellen? Ich nicht!

Es ist nicht schön, wenn Kinder totschießen spielen. Aber es legt sich, habe ich mir sagen lassen. Und es legt sich schneller und klagloser, je mehr Zeit Väter und Mütter mit schießwütigen Kindern spielend verbringen. Ich wette hundert zu eins: Wenn ein Knabe mit »Päng – päng« und »Bum – bum« durch die Wohnung rast und unsichtbare Gegner abknallt, stellt er diese Tätigkeit sofort ein, wenn sich der Papa bereit erklärt, mit ihm aus friedlichen Bausteinen den Stephansturm zu errichten.

Unter der Überschrift ›Horrorvideos kein Problem‹ las ich unlängst in einer psychologischen Zeitschrift eine Nachricht, die dazu angetan ist, Eltern mit Videogeräten zu beruhigen.

Die Nachricht kommt aus Oxford. Dort hat man fünftausend britische Kinder zwischen sechs und zwölf Jahren auf ihre »Sehgewohnheiten« hin untersucht und ist zu dem Schluß gekommen, daß diese Kinder sehr wohl in der Lage seien, Schein und Realität auseinanderzuhalten, daß sie nicht geschockt seien, wenn auf dem Bildschirm brutale Morde stattfinden, daß es ihnen aber nahegehe, wenn sie beobachten müssen, daß jemand auf der Straße zusammengeschlagen wird.

Die Oxforder Psychologen haben festgestellt: »... Es ist ein Unsinn zu glauben, daß Kinder die in Filmen gezeigte Gewalt nachahmen. Sie finden sie einfach lustig, und sie macht ihnen keine Angst ...«

Das ist ja wirklich fein! Da können ja nun die Herren und Damen Eltern aufatmen. Jetzt kann der Papa seine entliehenen Horrorvideos ruhig herumliegen lassen und muß sie nicht mehr in den »Giftschrank« sperren.

Und was für Videofilme gilt, gilt ja wohl auch für Kinofilme und das normale Fernsehprogramm! Was war es doch bis jetzt lästig und unerfreulich, andauernd mit den lieben Kleinen hadern zu müssen, weil die lieben Kleinen am Mitternachtskrimi teilhaben wollten und die lieben Eltern in ihrem Unverstand meinten, dies verhindern zu müssen! Ist aber erst einmal die neue Oxford-Studie so richtig ins Erziehergemüt eingedrungen, werden die lieben Kleinen endlich ihren Spaß haben können!

Mag ja sein, daß der Mama und der Oma beim Anblick vom Stahlbohrer, der in ein Menschenhirn getrieben wird, das große Kotzen kommt, aber unsere lieben Kleinen sind eben eine andere Generation, die finden das »einfach lustig«.

Die werden dann der Oma oder der Mama das Handerl halten und zuflüstern: »Schau lieber weg, wenn du Angst kriegst, sonst träumst du schlecht!«

Und dann führen die lieben Kleinen die zitternde Mama ins Bett und decken sie zu und flüstern: »Ist doch alles nur Schein, ist doch nicht Realität.« Und die Mama schläft ein und hat einen Alptraum. Doch in dem erscheint ihr nicht der Mann mit dem Bohrer, sondern eine Horde Kinder, die sich über Brutalität einfach totlacht.

Viele Mütter von Schulanfängern haben ihre liebe Not mit dem »Aufgabenschreiben«. Der Idealfall, daß sich ein Knirps, nach gehöriger Ruhepause, zu seinem Heft setzt und seine Hausübung ordentlich und freudig erledigt, scheint nämlich eher selten zu sein.

Soviel ich von Müttern höre, gibt es zwei grundverschiedene Arten von Aufgabenkummer. Die einen Taferlklaßler unterziehen sich der Nachmittagsarbeit lustlos, legen nach jedem Buchstaben eine Ruhepause ein, gähnen, seufzen, wollen nicht und fühlen sich unverstanden.

Wie Bubble-gum der besten Sorte zieht sich ihre Aufgabenzeit. Die anderen Kummerkinder unter den Taferlklaßlern schnappen sich das Heft und kritzeln im Eilzugstempo, ohne der Form und des Schriftbildes zu achten, ruck-zuck die paar Zeilen hin.

Die Durchschnittsmama sieht es als ihre höchste Aufgabe an, da lenkend und leitend einzugreifen; ein Vorgehen, das viele Kindertränen bringt und Mutternerven kaputtmacht.

Ich gestatte mir die ketzerische Frage: Was würde denn schon passieren, wenn der Ruck-zuck-Knirps mit der schlampigen und der Bubble-gum-Knirps mit der halben Hausübung in die Schule käme?

Merken würden sie, daß Lehrer oder Lehrerin mit ihren Hausübungen nicht allzu zufrieden wären! Na und? Wäre das so schlimm? Solche Unmenschen sind ja Lehrer wahrlich nicht, daß man ein Kind vor so einer Erfahrung bewahren müßte.

Und hätte eine Mutter den Verdacht, der Lehrer sei so

ein Unmensch, wäre es besser, sich schleunigst – mit anderen Müttern etwa – gegen ihn zur Wehr zu setzen, als Taferlklaßlerhausübungen vollkommen und piekfein zu gestalten.

Man sollte einem Kind nicht die Chance nehmen, sich freiwillig, ohne mütterlichen Druck, zu einem anderen, brauchbareren Arbeitsstil zu entschließen. Eine Schülerkarriere läuft noch längst nicht schief, wenn es in den ersten Wochen mit den Hausübungen nicht klappt.

Ihr Nachwuchs, geneigte Leserin, der schafft das schon! Vielleicht schafft er es sogar besser, wenn Sie ihn nicht gleich von Anfang an unter Druck setzen und frustrieren.

Und Ihre Nerven schonen Sie, so Sie nicht eingreifen, auf alle Fälle.

Unlängst traf ich eine Bekannte, die ich schon etliche Monate lang nicht mehr gesehen hatte. Sie wirkte vergrämt und kummervoll. Ich fragte nach.

»Ach«, erklärte sie mir, »um diese Zeit herum geht es mir nie besser! Ich hasse den Juni schon richtig!«

Mein Erstaunen war groß, legte sich aber bald, denn die Dame fuhr fort: »Jedes Jahr dieses Zittern, ob er in Mathematik durchkommt, und dann kommt er doch nicht durch! Ein richtiges Nervenbündel bin ich schon. Sogar das Rauchen habe ich mir wieder angewöhnt. Und mein Mann hat Schlafstörungen!«

Der Knabe, der für die Schlafstörungen seines Vaters und den Suchtrückfall seiner Mutter und die triste Familienstimmung verantwortlich zeichnet, heißt Michi und ist vierzehn Jahre alt.

Die letzte Mathematikschularbeit, von der es abhing, ob er eine Nachprüfung bekommt, hat er »verhaut«. Drei Punkte zuwenig, klagt mir die Mama, hat er zuwege gebracht.

Aber weil er falsch ausgerechnet hat, welchen Betrag man zu fünf Prozent anlegen muß, damit er in sechs Jahren auf fünfzehntausend Schilling anwächst, ist es wieder ein Nichtgenügend geworden.

»Und dabei haben wir gerade das so geübt«, sagt die Mama und zündet sich mit flattrigen Fingern eine Zigarette an. »Daß er die Parabeln nicht schaffen wird, war mir ja klar! Aber bei der Zinseszinsrechnung hab' ich fest gerechnet, daß er die Punkte kassiert! Ich versteh' das nicht!«

Die Mami vom Michi seufzte, drückte die eben angezündete Zigarette im Aschenbecher aus und fragte mich: »Können Sie sich erklären, wieso ein Kind, das nicht dumm ist, auch nicht faul ist, immer wieder versagt?«

Jawohl, das kann ich ziemlich leicht erklären! Ich war als Kind keine üble Rechnerin, und soweit ich mich entsinne, hatte ich gerade mit Zinseszinsrechnungen nie Probleme.

Hätte ich aber als Kind gewußt, daß vom richtigen Ergebnis einer Rechnung in meinem Schularbeitsheft das gesamte Familienglück und der ganze Familienfrieden abhängen, hätte ich sicher sogar das kleine Einmaleins vergessen und den »Abzinsungsfaktor« ganz gewiß.

Unter dem Streß kann kein Kind eine ordentliche Leistung erbringen.

Die Äpfel in Nachbars Garten

Manche Leute behaupten, in ihrer Kindheit nie, aber auch wirklich nie, gestohlen zu haben. Nicht einmal den legendären Apfel aus Nachbars Garten, nicht einmal ein Zuckerl aus dem Pult des Nachbarn und schon gar nicht Geld aus Mamas Börsel.

Ich glaube das nicht!

Entweder, sage ich mir, lügen diese Leute, oder sie haben allerhand verdrängt!

Ich habe als Kind gestohlen! Und eine Person, die auch entschieden leugnet, sich als Kind an fremdem Eigentum vergriffen zu haben, hat – daran erinnere ich mich gut – mit mir gestohlen.

Aus einem Sack Vogelfutter in der Greißlerei haben wir uns heimlich die Taschen gefüllt.

Vogel hatten wir keinen. Wir taten es an der Lust am Verbotenen und genossen das kribbelige Gefühl der Gefahr, ertappt zu werden. Hinterher leerten wir unsere Taschen über dem Kanalgitter und kamen uns sehr, sehr mutig vor.

Und einmal stahl ich einer Freundin einen Bleistiftspitzer, der hatte zwei Löcher, ein kleines und ein großes. So ein Gerät war damals eine Rarität. Ich sah nicht ein, warum die Freundin so etwas hatte und ich nicht.

Da ging es also nicht um Lust am Verbotenen, sondern um Besitzgier.

An größere Schuldgefühle erinnere ich mich nicht. Von zuwenig »Erziehung« zeugten meine Diebsneigungen sicher nicht, denn der Moralpredigten und Strafdrohungen von Eltern, Lehrern und Seelsorgern waren genug!

Von meinen Minimaldelikten hielten sie mich nicht ab. Ein Kind ist eben noch nicht so angepaßt und sozialisiert, daß es alle Spielregeln der Gesellschaft achtet.

Seit ich Kind war, sind diese Spielregeln noch viel härter geworden. Hätte man mich beim Vogelfutterraub erwischt, hätte es viel Gekeif gegeben, hätte die Freundin gemerkt, wer ihren Bleistiftspitzer hat, wäre mir eine Watschen sicher gewesen.

Heute stehlen Kinder vor allem im Supermarkt. Die Folgen, die das hat, sind viel schlimmere. Polizei, Jugendamt und Schule können sich da einmischen.

Man muß also als Erwachsener noch mehr darauf schauen, daß der Nachwuchs »sauber« bleibt.

Aber vergessen sollte man trotzdem nicht, daß wir die Äpfel in Nachbars Garten abgeschafft und den Supermarkt eingeführt haben und daß für ein Kind darin nicht viel Unterschied besteht.

Eine wahrlich komische Sache ist das Verhältnis, das manche Mütter zu den Freunden ihrer Kinder haben. Die Freunde sind einfach unpassend, sie haben einen »schlechten Einfluß« und verderben das arme, eigene Kind.

Dem Michi der Frau Meier wäre es nämlich nie »von allein« eingefallen, im Supermarkt ein Einkaufswagen-Wettrennen zu veranstalten, in dessen Verlauf zehn Gurkengläser in Scherben fielen. So ist der Frau Meier ihr Michi nicht!

Nur der Xandi hat ihn dazu »angestiftet«!

Die Mutter vom Xandi wiederum ist der erzernen Meinung, daß es der Meier-Michi war, der ihren unschuldigen Xandi zur gurkenvernichtenden Tat trieb.

Und dann pilgern die Mamas, natürlich nicht gemeinsam, sondern getrennt, zur Frau Lehrerin und bitten in bewegter Rede, ihr Kind von diesem »schlechten Umgang« wegzusetzen, auf daß es wieder brav angepaßt funktioniere.

Dem eigenen Kind wird bei dieser Unterredung allerhöchstens unterstellt, es sei halt »leicht zu beeinflussen« und neige dazu, in seiner naiven Art, Einflüsterungen zu unterliegen; davon abgesehen sei es jedoch der reinste Tugendbolzen.

Es mag ja wirklich sehr schlimme, man könnte auch sagen: sehr gestörte Kinder geben, die auf Durchschnittskinder eine ungeheure Anziehungskraft ausüben. Aber solche Kinder sind nicht die Regel, sondern die Ausnahme. In der Regel ist es so, daß der Xandi und der Michi gleichermaßen am Supermarkt-Wettrennen interessiert waren und auch die Ideen zu anderen »Untaten« artig 50:50 auf die beiden Knaben zu verteilen sind.

Und tritt tatsächlich der Ausnahmefall ein und ein Kind schließt Freundschaft, die man objektiv für »schlechten Einfluß« halten kann, wäre zuerst einmal zu überlegen, warum das Kind den Freund so bewundert, ihn so liebt und ihm nacheifert.

Um das herauszufinden, müßte die Mama diesen Freund aber gut und genau kennenlernen, und hat sie das erst einmal getan, da wette ich 100:1, wird es ihr nicht mehr gelingen, ihn einfach unter der Rubrik »kein Umgang« abzutun.

Es könnte sogar sein, daß sie sich der Meinung ihres Kindes anschließt und den Kerl, so schlimm er auch sein mag, in ihr Herz schließt.

In der Faschingszeit freue ich mich immer, daß meine Kinder schon erwachsen sind und ihre Freizeitgestaltung nicht mehr meines Rates und meiner Hilfe bedarf. Ich muß keinen Kinderfasching mehr durchstehen! Kinderfasching ist nämlich eine harte Sache.

Jedes halbwegs beliebte Kind kommt um diese Zeit mit elterlichen Einladungen an, bei denen es verkleidet – natürlich jedesmal anders – erscheinen will. Einmal als Dornröschen, einmal als Astronaut, einmal als Miß Piggy und einmal als Harlekin.

Also übersät die Mutter einmal ein Nachthemd mit rosa Rosen, endelt einmal Rhomben aneinander, werkt einmal mit Alufolie und zerbricht sich einmal den Kopf, wie man ein Wimper-Klimper-Schwein richtig gestaltet.

Noch schwieriger ist es, der kugelrunden Tochter die Idee mit der »Waldelfe« auszureden. Dazu gehört viel sensibler Takt! Und kommt dann ein Bruder daher, der der Schwester als einzig mögliche Verkleidung einen »Postsack« anrät, gibt es Tränen.

Aber das ist ja alles noch ziemlich harmlos! Problematisch wird es, wenn das eingeladene Kind erklärt, nun sei es an der Reihe, eine Einladung auszusprechen. Die Mutter, die sich auf dieses Ansinnen einläßt, muß wissen, daß Kinderfeste eskalieren.

Das beginnt schon bei der Gästeliste. Das Kind will zehn Kinder, die Mutter will sechs, man einigt sich auf acht, schließlich kommen vierzehn.

Man soll auch nicht meinen, das Fest werde sich auf Kinderzimmer und Wohnzimmer beschränken. Weder Bad noch Klo, weder Schlafzimmer noch Abstellkammer

werden unberührt bleiben. Aber über das Festessen braucht man sich keine Gedanken zu machen. Regel ist: Was üppig vorhanden, wird nicht sehr gemocht, was rar ist, danach reißt man sich.

Einzukalkulieren ist außerdem, daß man nach dem Fest den Nachbarn etliche Zeit aus dem Weg zu gehen hat. Und zu unterscheiden ist noch, ob kleine Kinder oder größere Kinder feiern.

Kleine Kinder sind relativ harmlos. Man kann sie mit Spielen zähmen. Eine Horde von Dreizehnjährigen ist eine Heimsuchung!

Da gibt es nur mehr eines: Ein Kreuz zu schlagen, sich ins Klo sperren und Kräfte sammeln, für die Putzerei und Wischerei, damit man in der Wohnung wieder leben kann.

Ein junges Mädchen, Tochter einer Bekannten, rief mich an und sagte, sie habe große Schwierigkeiten und würde gern dringend mit mir reden.

Zur vereinbarten Stunde kam ich ins Café und schaute mich verunsichert um, denn ich hatte die Tochter meiner Bekannten seit zwei Jahren nicht mehr gesehen, und Töchter zwischen vierzehn und sechzehn Jahren verändern sich oft gewaltig.

Das Mädchen, nach dem ich Ausschau hielt, hatte sich derart gewaltig verändert, daß ich es garantiert nicht erkannt hätte, wäre es nicht aufgesprungen und hätte Winkewinke gemacht.

Was ich mit blonden Stirnfransen, Schottenkilt und Trenchcoat in Erinnerung hatte, stand weißgeschminkten Gesichtes, schwarzumrandeten Auges vor mir. Ein roter Irokesenstreifen krönte sein Haupt. Im linken Ohr hatte das gute Kind sechs Flinserln, im rechten Ohr keines. Seine Fingernägel waren lackiert. Jeder Nagel in einer anderen Farbe.

Und abwärts der Taille war das junge Fräulein in Tüll gewandet; so wie seinerzeit meine Töchter in der Ballettschule; nur haben die damals auf mehr Tüll bestanden.

Ich verschluckte das »Servus, Puppi«, das ich schon auf den Lippen hatte, weil ich nicht sicher war, ob ein Kosename aus Schottenkiltzeiten noch angebracht sei. Dann setzten wir uns, und das Mädchen sprach von seinen Kümmernissen, die ziemlich gewaltig waren und zu denen ich keinen Rat wußte.

Aber davon will ich gar nicht berichten, sondern davon, daß ich nach einer Stunde Kaffeehaussitzen und einem halbstündigen Marsch durch die Innenstadt zutiefst verstört nach Hause eilte, weil mich die Kommentare der Wiener mit Herz, die meiner Punk-Begleiterin galten, aufs tiefste getroffen hatten.

Daß jemand grinst, wenn ihm so ein außergewöhnlich gekleideter junger Mensch begegnet, daß jemand sogar den Kopf deswegen schüttelt, daß einer vielleicht auch »So was Narrisches« sagen könnte, hatte ich einkalkuliert.

Daß ich aber hören mußte: »Da müßt' der Hitler her!« und »Nix wie vergasen!« und »Arbeitslager!«, damit hatte ich nicht gerechnet. Und damit, daß ein beleibter Mann, im Irrtum befindlich, ich sei die Mutter dieses Mädchens, mir wegen Erziehungsunfähigkeit »eine Watschn« anbot, schon gar nicht.

Herr im Himmel, die Wut des Zeitalters muß wahrlich groß sein, wenn ein paar absonderliche Klamotten ausreichen, »anständige« Leute in Mordgelüste zu treiben.

Durch materielle Not zu Idealen?

Zwei Buben, einer dick und einer dünn, standen gestern neben mir in der Straßenbahn. Als wir an einem Geschäft, mit Tannenbaum neben der Tür, vorbeifuhren, sagte der Dicke: »Wir kaufen keinen! Weil wir am Christtag wegfahren. Und im Hotel ist eh einer in der Halle!«

»Aber ohne Zuckerln«, sagte der Dünne.

Der Dicke zuckte mit den Schultern. »Die haben wir eh! Die Mama kriegt Bonbonnieren zu Weihnachten. Voriges Jahr waren es zehn!«

»Von deinem Papa kriegt's die?« staunte der Dünne.

»Vom Büro«, erklärte der Dicke. »Von so Leut' halt!«

Der Dünne fragte: »Und was kriegst du?«

Der Dicke deutete auf seine Jacke: »Die krieg' ich von der Oma!« Dann zeigte er auf seine Stiefel. »Und die krieg' ich vom Opa! Und am Samstag haben wir Ski für mich gekauft. Und dann krieg' ich noch drei Platten, einen Walkman und 500 Schilling von der Tant'!«

Der Dicke fuhr fort: »Der Mama schenk' ich einen Damenrasierer, für die Wadeln!«

»Was kost' der? fragte der Dünne.

»Weiß ich net«, sagte der Dicke. »Den kauft meine Schwester, die kriegt 30 Prozent. Und die Oma zahlt ihn, weil mir die Mama 's Taschengeld g'strichen hat!«

Dann wurden die beiden von zusteigenden Fahrgästen abgedrängt.

Ein wackerer Herr, der das Zwiegespräch auch gehört hatte, schüttelte das Haupt und sagte: »Pfui Teufel, nur das Materielle haben sie im Schädel! Keine Ideale! Was ist denn das für eine Generation?«

»Diese Generation ist so, wie sie es von der vorhergehenden Generation gelernt hat«, sagte ich milde.

»Des haben s' von uns net gelernt«, empörte sich der wackere Herr. »Des ist nur der Wohlstand!« Dann schaute er mich strahlend an und sprach: »Aber der geht jezn eh bald tschali! Dann werden s' schaun, die G'fraster!«

Durch materielle Not zu mehr Idealen! Warum gerade dieses so vielen Menschen einfällt, wenn sie mit der Jugend unzufrieden sind, ist mir ein Rätsel. Wahrscheinlich verstehe ich zuwenig von »Idealen«, um dieses Rätsel zu lösen.

Klagen über »die heutige Jugend« hat es von denen, die gestern jung waren, schon immer gegeben. Aber früher waren es doch eher die kinderlosen Erwachsenen, aus denen sich dieser verständnislose Klagechor rekrutierte.

Heute singen in diesem Chor auch viele Eltern mit, und der Refrain des Klageliedes heißt immer wieder: »Sie haben doch alles! Nix geht ihnen ab! Es geht ihnen doch ohnedies so gut wie noch nie!«

Und dann wird alles an Konsumgütern aufgezählt, was jungen Menschen in den achtziger Jahren üblicherweise zusteht, und dann wird die Frage aufgeworfen, warum die Jugend dennoch so unzufrieden sei, und als Erklärung für diese Unzufriedenheit folgt: Weil sie keine Ideale mehr haben! Weil sie so materialistisch eingestellt sind!

Ein wenig paradox erscheint mir das schon!

Wenn Eltern unter »alles haben« sichtlich nur die Anhäufung von Konsumgütern verstehen, müssen sie wohl selbst eine sehr materialistische Weltsicht haben.

Warum beklagen sie diese dann an ihren Kindern?

Und wie sollten denn überhaupt diese Ideale aussehen, damit sie den Klage-Eltern gefallen?

Soweit ich es überblicke, reagieren nämlich gerade diese Eltern recht panisch, wenn ihre Kinder wagen, Ideale zu entwickeln.

Da hört man dann: »Was braucht das Mädel nächtelang darüber reden, wie man die Welt verbessern kann? Soll sich lieber ausschlafen, damit's in der Schul' ordentlich aufpassen kann!«

Oder: »Sozialarbeiter will er werden. Das ist doch kein Beruf für an Mann, was verdient er da schon dabei!«

Oder: »Entwicklungshelfer möcht' ihn interessieren! Versäumt er doch glatt seine besten Jahr' bei die Unterentwickelten!«

Oder noch simpler: »Nix wie Faxen und Flausen hat's im Hirn, keinen Sinn für die Realität!«

Oder noch uneinsichtiger: »Dauernd engagiert er sich und reißt den Mund auf. Nix wie anecken tut er! Damit wird er net weit kommen!«

Es scheint also viel eher so, als ob große Teile der »heutigen« Elterngeneration als »Ideal« für ihren Nachwuchs nur die fügsame Einordnung in das Streben nach materiellen Gütern sehen und bloß vergrämt sind, daß dem Jungvolk, von Geburt an Wohlstand gewohnt, dieser kein »Ideal« mehr ist.

Stellt man sich – rein theoretisch – vor, daß man in großen finanziellen Schwierigkeiten wäre und sich dringend Geld verschaffen müßte und keine Bank bereit wäre, welches zu geben, dann fragt man sich – rein theoretisch –, welche unserer Freunde wohl bereit wären, uns Geld zu borgen.

Freund A, sagen wir uns, fällt aus. Der hat ja schon ein Magengeschwür bekommen, als er seiner Schwester als Bürge gutstehen mußte.

Freundin B würde uns zwar von Herzen gern ihr Allerletztes geben, aber ihr Ehemann ist ein Geizhals allerengster Kragenweite. Da würde unsere Bitte Ehekonflikte en suite hervorrufen!

Freund C wiederum ist so unheimlich sparsam. Seit zwanzig Jahren rügt er, daß wir zuviel Butter aufs Brot streichen, die Kinder zu prächtig kleiden und zu oft Taxi fahren. Ihn, wenn das Resultat unserer Verschwendungssucht offenliegt, um Beistand zu bitten, wäre zu peinlich!

Freundin D hat selbst nichts als Schulden, und Freund E betont immer, daß er aus Prinzip nie und nichts borgt. Und Freundin F würde auf unsere Bitte zwar zögernd ja sagen, aber sich dann nicht mehr melden und sich verleugnen lassen, wenn wir anrufen.

Für die Praxis jedoch haben solche rein theoretischen Erwägungen kein Gewicht. Entweder man kann borgen oder man kann es nicht! Und wenn man es kann, kann man auch aus den Freunden A–F erkleckliche Summen herauspumpen. »Borgen können« ist eine fein abgestimmte Mischung aus Talent und Training. Wer das nicht von klein an geübt hat, erlernt es nimmermehr! Bei manchem zehnjährigen Knirps allerdings ist dieser Lernprozeß schon als abgeschlossen zu betrachten.

Ich erinnere mich an einen Knaben, der nach Austritt aus der Volksschule bei fünfundfünfzig (!) Mitschülern Schulden zwischen fünf und hundertfünfzig Schilling hatte. Eine empörte Elterndelegation überreichte der verstörten Mutter des kleinen Borgers zu Ferienbeginn eine detaillierte Liste mit den ausstehenden Beträgen.

Die Mutter war entsetzt und sah die Zukunft ihres Knaben in lotterhaften, düsteren Tönen. Sie hätte sich keine Sorgen zu machen brauchen. Der Knabe ist inzwischen über dreißig und borgt noch immer bei jedermann und hat, scheint es mir, gar kein trauriges Leben. Mehr Geld zumindest als die, bei denen er borgt, hat er.

»Es ist immer etwas, was den Himmel herhält«, pflegte meine Großmutter, elegisch seufzend, zu sagen, wenn ihr das Leben wieder einmal bewiesen hatte, daß das menschliche Glück nie ein völlig vollkommenes ist, sondern stets etliche Wermutstropfen beinhaltet.

Die Wahrnehmungsfähigkeit für Wermutstropfen im Glück ist allerdings von Mensch zu Mensch äußerst unterschiedlich. Wo der eine überhaupt kein Häuchlein von Bitterkeit wahrnimmt, schmeckt der andere schon reinste Galle heraus.

Ich kenne etliche Leute, die wittern das kleinste Tropferl Wermut in ihrem Glück derart intensiv, daß sie sich an ihrem ganzen Glück nimmer freuen können.

Solche Menschen sprechen, wenn man sich nach ihrem Befinden erkundigt, absolut kein Wort von ihrer blühenden Gesundheit, von ihrem schönen beruflichen Erfolg, von ihrer gut funktionierenden Ehe und auch nicht von der unerwarteten und großen Erbschaft, die sie gemacht haben, sondern ausschließlich von der Nachprüfung in Latein, die ihr Sohn – der kein Vorzugsschüler ist – im Herbst zu machen hat.

Klagen diese Wermutsspürnasen so vor sich hin, kann man mit schöner Regelmäßigkeit immer wieder den Satz hören: »So schön könnten wir es haben, wenn nicht ...«

Den, der sich das anhören muß, überkommt dann des öfteren ein ziemlicher Gram und Grimm. Besonders dann, wenn er nicht ganz gesund ist, keinen schönen beruflichen Erfolg, keine funktionierende Ehe und auch keine unerwartete Erbschaft, sondern nur einen Sohn ohne Nachprüfung in Latein hat.

Und der Gram und der Grimm können sich bis zur Verbitterung steigern, wenn die Wermutstropfenspürnase dann noch sagt: »Ach, Sie Glücklicher! Sie wissen ja gar nicht, wie gut es Ihnen geht! So ganz ohne Nachprüfung!«

Diese Verbitterung ist aber, habe ich mir von einer autodidaktisch-psychologisch gebildeten Freundin, die auch so eine Wermutsspürnase ist, sagen lassen, völlig ungerecht. Kummer und Leid, sagt mir meine Freundin, seien nicht nach absoluten Kriterien zu messen, sondern nach sehr relativen.

»Leidensdruck« heißt das Fachwort!

Und wen welches Leid drücken darf, können wir, die wir keine Wermutsspürnasen haben, schlecht entscheiden.

Angeblich glauben nur acht Prozent der Bevölkerung, ein Mensch habe mit seinen Problemen ganz allein fertig zu werden, und leben auch danach.

Die restlichen 92 Prozent vertrauen sich, wenn sie Probleme haben, ihren Mitmenschen an. Freunde, Familienangehörige und Berufskollegen sind es, bei denen man Kummer und Sorgen, Ängste und Bedrängnisse ablädt und sich Rat holt, so man nicht professionelle Hilfe zur Lösung seiner Konflikte beansprucht und sich einen Therapeuten oder Analytiker leistet.

Und dann gibt es noch die Leute, die weder auf Freunde, Kollegen oder Familienmitglieder bauen und auch – sei es aus Geldmangel oder Vorurteil – die fachmännische Hilfe scheuen.

Diese Leute gehen im Kummerfalle in die Bar, zum Friseur, oder sie setzen sich in ein Taxi.

An der Bar, egal, ob beim Barkeeper oder der Bardame, sollen es hauptsächlich die Männer sein, die sich ausweinen, beim Friseur oder der Friseurin erzählen vorwiegend die Frauen ihr Leid, in Taxis klagen angeblich Vertreter beiderlei Geschlechts gleichermaßen häufig.

Ob die Hilfeleistung, die in Taxis, Bars oder Coiffeursalons gegeben wird, nur aus »Ja, ja« und »Es ist ein Jammer« besteht oder aus brauchbaren, lebensklugen Ratschlägen, hängt nicht von der Art des Problems ab, das da vorgetragen wird, sondern auch von der Bereitschaft der kopfwaschenden, servierenden oder lenkenden Menschen, auf anderer Leute Probleme einzugehen. Aber sowohl die »Ja, ja«-Murmler als auch die »Da müssen Sie sofort«-Rater müssen, wenn sie nach Arbeitsschluß heimkommen, den Kopf voll Traurigkeit, Ungerechtigkeit, Tristesse und Schicksalsschlag haben.

Man sage nicht: Ach, das geht bei einem Ohr hinein und beim anderen heraus! Da bleibt allerhand zwischen den Ohren hängen, auch wenn sich der, der zuhören muß, redlich Mühe gibt, alles zu vergessen.

Und wenn ich mir jetzt noch vorstelle, daß eine Friseurin mit einem Barkeeper verheiratet ist und der Schwiegervater, der Taxi fährt, bei ihnen wohnt, wird mir weh ums Herz.

So eine Familie hätte – auf Kassakosten! – zweimal wöchentlich Anspruch auf einen Humoristen, der Hausbesuche macht.

Einige ehrliche Worte über den guten Geschmack unter guten Freunden

Wir haben Freunde, die Dinge für schön halten und kaufen, die uns als Gipfel an Geschmacklosigkeit erscheinen. Natürlich wollen diese Freunde, daß wir das, was sie als schön empfinden und gekauft haben, gebührend bewundern.

Theoretisch sind wir dazu auch sehr bereit. Wir sind ja tolerant.

Wenn sich Kitti mit ihren 100 Kilo und ihren 45 Lenzen im rosa Rüschelkleid wohl fühlt, ist das ihre Sache. Wenn Kurt sein Genossenschaftskämmerlein im Neo-Hazienda-Stil möbliert, wem tut es weh? Und Otto soll sich ruhig an der Essig & Öl-Zigeunerin erfreuen, die er samt Plastik-Barock-Rahmen im winterlich zweckentfremdeten Eissalon erstanden hat!

Peinlich wird die Angelegenheit erst, wenn uns die guten Leute vor das Ölbild und ins spanische Kolonialzimmer führen oder sich in der Rüschenpracht vor uns drehen und auf positive Stellungnahme harren. Natürlich gibt es Leute, die dann das Verlogenste, ohne schamrot zu werden, formulieren. Aber der nur durchschnittlich unehrliche Normalbürger gerät entsetzt ins Stammeln und bringt nur ein vages »Oh, wie nett« zuwege und merkt, daß er nicht überzeugend wirkt.

Manche Leute schaffen nicht einmal das.

Erstarrt stehen sie vor dem, was ihre Freunde für »schön« halten, und sind keines Wortes fähig. »Na?« werden sie bedrängt. »Ist doch schön! Oder gefällt es dir nicht?« bohren die Besitzer von Brokat-Telefon-Überzügen, Plastik-Stukkaturdecken, Pseudo-Gotik-Lüstern und grün erhellten Zimmerspritzbrunnen und Motorrad-helm-Lampen.

Warum fällt uns eigentlich der Satz: »Mir gefällt das nicht!« so schwer?

Eine alte Freundschaft wird schließlich noch ein abfälliges Urteil über einen Elefantenfuß-Schirmständer aushalten. Zum Ausgleich könnte ja der Schirmständerbesitzer endlich kundtun, daß ihm unsere Hinterglaskatze reichlich kitschig vorkomme.

Doch wahrscheinlich ist es gerade diese Konsequenz – Wahrheit gegen Wahrheit –, die uns zum Heucheln bringt. Denn unsere Hinterglaskatze – also wirklich! –, die ist »echt süß«, die hat einen Katzenblick, der uns ans Herz geht. Wie kann uns jemand unterstellen, uns gehe Kitsch ans Herz? Das kann gar nicht sein, weil wir nämlich kein verkitschtes Gemüt haben, und nur verkitschte Gemüter lieben kitschigen Zierat!

Unserer Freunde negatives Urteil träfe also nicht bloß ein DIN A4 großes Stück bemaltes Glas, sondern unser ganzes Wesen.

Und das täte sehr, sehr weh!

Glücklich schätze sich, wer gelassen heiteren Gemüts warten kann; womit ich nicht das Warten auf das große Glück, den Berufserfolg oder den Tod der Erbtante meine, sondern das Warten auf einen Menschen, der längst daheim sein sollte.

Meine Mutter – zum Beispiel – ist eine schlechte Warterin. Sagt man sich bei ihr für 12 Uhr an und kommt zwanzig nach zwölf, verlebt sie zwanzig höllische Minuten, auch wenn man seit zwanzig Jahren immer verspätet bei ihr ankeucht.

In den Warteminuten fällt meiner Mutter alles ein, was einem Menschen widerfahren kann: Autounfall, Infarkt, ein folgenschwerer Ausrutscher auf vereistem Gehweg oder sonst eine Fürchterlichkeit, von der sie keine nähere Vorstellung hat.

Mit erlösten Seufzern öffnet sie mir regelmäßig zwanzig nach zwölf die Tür und sagt: »Hauptsach, daß d' endlich da bist, ich hab' schon geglaubt ...« Und dann folgt die Aufzählung der möglichen Horror-Ursachen meiner Verspätung.

Aber die gute Frau hat wenigstens das Glück, sich ihre Negativ-Phantasien zu gestatten. Ich jedoch, bei ihr groß geworden, weiß, wie lästig Angehörigen diese Ängstlichkeit ist, und wage gar nicht, in Wartepanik zu verfallen. Ich bleibe cool, mein gut diszipliniertes Hirn weigert sich, den längst überfälligen Menschen in irgendeine abscheuliche Sache verwickelt zu sehen. Ach, sage ich mir, der sitzt wo im Kaffeehaus, dem ist sonst etwas dazwischengekommen, viel Zeitsinn hat er ja noch nie gehabt! Aber mein Gehörsinn spielt bei der Coolness nicht mit.

Kein einparkendes Auto, keine zuklappende Wagentür entgeht ihm, kein Schritt im Treppenhaus. Und alle paar Minuten öffne ich ein straßenseitiges Fenster, um zu lüften; ganz bestimmt nicht, um ein gewisses Auto um die Ecke biegen zu sehen.

Und fällt dann endlich das Haustor mit dem ganz speziellen Knall ins Schloß, den nur der längst erwartete Mensch schafft, setze ich mich wieder locker und cool zurecht und frage so nebenbei: »Ach, warst noch im Kaffeehaus?«

Und auf die Frage, warum ich bei der herrschenden Kälte ein Fenster offen habe, erkläre ich etwas von Kochdünsten.

Ziemlich heldenhaft erscheine ich mir dabei. Und bin sehr verdutzt, wenn mir so ein Mensch – ein anderes Mal, in anderer Situation – vorhält, meine Zuneigung könnte keine hundertprozentige sein, weil ich mich noch nie um ihn geängstigt habe!

Wenn man kein Einzelgänger, sondern ein halbwegs geselliger Mensch ist, bekommt man von allerhand Leuten allerhand Mitteilungen, von denen etliche erst nach dem Einleitungssatz: »Das sage ich aber nur dir, erzähl es bitte nicht weiter« gemacht werden.

Ich kenne ein paar Leute, die es ablehnen, auf diese Weise zu Geheimnisträgern gemacht zu werden. Sie sagen: »Behalte es bei dir, ich bin nämlich tratschsüchtig!«

Ich kenne auch ein paar Leute, die erzählen in so einem Falle tatsächlich kein Wort weiter. Niemandem erzählen sie etwas, nicht einmal eine Andeutung lassen sie fallen. Und ein paar Leute kenne ich, die haben nichts Eiligeres zu tun, als das verschwiegene Anvertraute unter die Menschheit zu bringen.

Die meisten Leute aber, die ich kenne, gehen mit anvertrauten Geheimnissen ganz anders um. Total verschwiegen sind sie bloß, wenn ihnen das geheime Wissen uninteressant vorkommt; oder wenn die vertrauensselige Person echte Schwierigkeiten bekäme, würde die Sache publik.

Dann trifft der Durchschnittsmensch noch seine Auswahl, wen er für würdig hält, das intim Anvertraute zu erfahren.

Ehepartner – zum Beispiel – hält man meistens für würdig! Da bleibt das Geheimnis ja schließlich in der Familie!

Doch leider sind oft gerade Ehepartner sehr zerstreut und vergessen. Locker plaudern sie in großer Runde über Hansis verheiratete »Braut«, über Monikas Schwierigkeit mit ihren neun Krediten und über Heinzis Prozeß mit dem Schwiegersohn.

Harte Tritte unter dem Tisch gegen die Schienbeine des Partners – wenn sie diese nicht verfehlen – bringen ihn zwar meistens zum Schweigen, kommen aber sehr oft zu spät.

Auffällig in so einer Situation ist aber vor allem, daß sich kaum einer in der großen Runde über Hansis Braut, Heinzis Prozeß und Monikas Kredite wundert.

Sie wissen nämlich alle schon sehr gut Bescheid!

Anscheinend gibt es viele Menschen, die von Freund zu Freund, von Freundin zu Freundin eilen und ihnen eine Geschichte erzählen, die mit den Worten beginnt: »Das sag' ich nur dir, erzähle es bitte ja nicht weiter!«

Ich habe einmal von einer Frau gehört, die angeblich die Erdäpfel vor dem Kochen in Wasser wäscht, dem sie einen kräftigen Schuß »Allzweckreiniger« beigefügt hat. Nur so, behauptete diese Frau, sei die Sauberkeit der Erdäpfel wirklich garantiert.

Und von einer anderen Frau wurde mir berichtet, die stellt den Christbaum jedes Jahr – vor dem Aufputzen natürlich – in die Badewanne und duscht ihn zuerst warm und dann kalt ab, damit das von der Reise und vom sauren Regen verdreckte Tannending ihre gute Stube nicht verunziere.

Andererseits kenne ich Leute, die in gespritzte, gewachste Äpfel beißen, ohne sie vorher zu waschen, und seelenruhig in Betten schlummern, unter denen »Lurch« in einer dicken Schicht wabbert.

Zwischen diesen beiden Extremen liegt irgendwo das Sauberkeits- und Reinlichkeitsbedürfnis des normalen, unneurotischen Menschen, der sowohl für die »Pedanten« als auch für die »Schlamperten« wenig Verständnis aufbringt.

Die, die ihre Christbäume duschen, und die, die uralten Dreck unter den Betten haben, können natürlich noch weniger Verständnis füreinander aufbringen.

So sich solche Leute nur flüchtig kennen, ist das kein Problem.

Da mokiert sich halt Frau A über Frau B: »Sie legt ein Taschentuch auf die Parkbank, bevor sie sich hinsetzt!«

Und Frau B mokiert sich über Frau A: »Seit sechs Wochen fehlt ihr der mittlere Knopf am Kleid!«

Sind Frau A und Frau B aber befreundet, wird die Sache heikel.

Frau A kann bei Frau B kaum vom Wein trinken, aus Angst, einen Tropfen auf der polierten Tischplatte zu verschütten, und Frau B kann bei Frau A kaum vom Kaffee trinken, weil ein Katzenhaar am Häferlrand klebt.

(Ganz zu schweigen vom Hausputz, den die A schuldbewußt macht, bevor die B kommt, und von der Angst, die die B hat, daß die A wieder nicht die Schuhe ausziehen und den Aschenbecher mit der Untertasse verwechseln wird.)

Wie das ist, wenn ein Reinlichkeitsfanatiker und ein Dreckfink miteinander verheiratet sind, kann ich nicht sagen. Ich weiß nur von einem einzigen Paar, das sich so verschiedenartig zusammentat; die Ehe währte genau sechs Monate.

Es wäre sehr schön, wenn die Menschen, die wir lieben, einander auch immer von ganzem Herzen zugetan wären. Leider ist dem aber oft nicht so. Leider können die, die wir mögen, einander manchmal nicht ausstehen.

Solange es sich dabei um Personen handelt, mit denen wir nicht zusammenleben müssen, halten sich die Konsequenzen dieser unerfreulichen Situation in erträglichen Grenzen. Mehr, als daß uns Freund A zu verstehen gibt, daß er nicht versteht, was wir an Freund B eigentlich finden, und daß uns Freund B mit gehässigen Bemerkungen über Freund A belästigt, ist da nicht zu erwarten. Doch auch unter denen, mit denen wir zusammenleben, gibt es Personen, die einander – zumindest zeitweise – nicht leiden können.

Unser innig geliebter Sohn mag unsere innig geliebte Tochter nicht. Oder unsere verehrte Frau Mama kann ihren Schwiegersohn nicht ausstehen. Auch latenter Vater-Tochter-Hader ist möglich. Oder Großmutter-Enkel-Zwist. Überhaupt jede Konstellation ist da möglich!

Und wir, die wir die beiden Kontrahenten lieben, stehen latent mitten im Kampfgebiet herum und leiden. Rein theoretisch ist die Sache ja einfach. Man braucht bloß zu sagen: »Ihr zwei Lieben und Guten, ihr seid mir beide gleich lieb und wert, eure Streitereien gehen mich nichts an, macht euch das alleine aus!«

Rein praktisch jedoch ignorieren die geliebten Verfeindeten diesen Appell völlig. Sie kommen und führen Beschwerde, verlangen, daß man eingreift und regelt! Natürlich exakt im Sinne des jeweiligen Beschwerdeführers.

Das können wir leider aber fast nie, weil die Lage nie so ist, daß wir eindeutig dem einen oder dem anderen recht geben könnten.

Wir verstehen doch, daß Tochter Nummer eins wütend ist, weil Tochter Nummer zwei ihre brandneue Hose angezogen hat! Wir verstehen aber auch, daß Tochter Nummer zwei für die Party und einen gewissen Knaben auf dieser besonders hübsch aussehen wollte und dafür der schwesterlichen Hose bedurfte!

Wir verstehen noch viel mehr! Wer liebt, versteht viel! Nur leider verstehen das die, die wir lieben, nicht. Und fühlen sich ungeliebt, wenn wir nicht »auf ihrer Seite« stehen.

Da es aber beiden geliebten Verfeindeten so ergeht, können sie sich manchmal – im Groll gegen uns – wieder einig werden. Was dann für uns auch nicht allzu schön ist.

»Schon gewählt?«

Hurtig und selbstbewußt Entscheidungen zu treffen ist nicht jedermanns Sache. Viele Leute fühlen sich schon gestreßt, wenn sie im Beisel zwischen Kalbsbrust und Gulasch wählen sollen. Ob sie den Urlaub in Italien oder in Spanien verbringen sollen, bereitet ihnen schlaflose Nächte.

Geht es um schwierige Entscheidungen – ob man etwa das Kind mit den drei Fünfern im Gymnasium lassen soll, ob man die Wohnung oder den Job wechseln soll –, geraten sie in Panik.

Daß diese Leute dann doch zu ihrer Kalbsbrust kommen, den Urlaub in Spanien verbringen, den Sohn die Klasse wiederholen lassen, die teure Wohnung nehmen und den Job wechseln, liegt an ihren Partnern. Denen bleibt nämlich nichts übrig, als für den geliebten Zauderer zu entscheiden.

Nun könnte man ja sagen, das sei keine üble Sache. In so einer Partnerschaft muß ja eine Menge Konfliktstoff wegfallen und viel Streit vermieden werden. Denn der, der die Entscheidung trifft, kann auf Urlaub fahren, wohin er mag, kann dort wohnen, wo er will, die Kindererziehung findet ungestört in seinem Sinne statt, und überhaupt geht alles nach seinem Kopf!

Die Sache hat aber leider einen Haken, den jeder, der in einer Partnerschaft in die Position des Entscheidungsträgers gedrängt wurde, bestätigen wird: Nicht alle Entscheidungen, die man guten Willens und besten Wissens getroffen hat, erweisen sich als richtig. Die Kalbsbrust, zu der man geraten hat, kann zäh sein, der Spanienurlaub kann verregnet werden, das Kind kann wieder drei Fünfer bekommen, der Nachbar in der neuen Wohnung kann sich als eifriger Tubabläser entpuppen, und der neue Job kann ein lausiger sein.

Und genau darauf scheint der Zögerer gewartet zu haben! Tief zufrieden hockt er dann da und bringt alle Bedenken vor, die er schon seinerzeit zu dieser Sache geäußert hatte. Da heißt es dann: »Ich habe es ja gleich gesagt« und »Aber du, du hast es natürlich besser wissen müssen!«

Worauf sich der arme Partner schwört, nie, nie, nie wieder mit einem Satz, einem Wort, einer Silbe den zögerlich lahmen Partner zu beeinflussen. Auf diesen guten Vorsatz vergißt er dann allerdings beim nächsten Beiselbesuch. Wer hält es denn schon aus, daß der Ober zum zehnten Mal zum Tisch kommt und grämlich fragt: »Haben der Herr nun endlich gewählt?«

Der Kaffee

In der Küche, beim Tisch, sitzt meine Mutter und liest einen Mami-Roman. Außerdem sind noch in der Küche: meine Tochter und ein junger Mann. Der junge Mann gähnt und sagt: »Ein Kaffee wär' gut!« Meine Mutter schaut vom Mami-Roman hoch, schaut die Enkelin an und sagt: »Koch an Kaffee!« – »Warum ich?« fragt die Enkelin. »Ich trink' keinen Kaffee! Nie!«

Der junge Mann nimmt den Wasserkessel und will Wasser einfüllen, doch so hurtig, wie es den rheumatischen Gliedern meiner Mutter gar nicht zusteht, springt sie auf, entreißt ihm den Wasserkessel und schnauft: »Ich mach' das schon!«

Der gähnende junge Mann sinkt auf einen Küchensessel und wirft meiner Mutter einen freundlichen Blick zu. Meine Mutter heimst zuerst diesen Blick ein, dann schaut sie rügend zu mir, die ich bei der Küchentür stehe. Klar! Ich war es ja, die das kaffeekochunwillige Geschöpf großgezogen hat! Einer besseren Erziehung teilhaftig, würde das Kind wissen, daß man Männern Kaffee zu kochen hat!

Ich halte dem Mutterblick stand (seit ein paar Jahren kann ich das). Ich sage, auf den jungen Mann weisend: »Warum soll er sich den Kaffee nicht selbst kochen?«

»Weil mir faule Frauen ein Graus sind«, zischt meine Mutter und tut Kaffee in den Filter.

Der junge Mann wetzt unruhig auf dem Sessel herum und schaut verzagt zwischen Großmutter, Mutter und Tochter hin und her. Er wagt nicht – meiner und meiner Tochter Blicke eingedenk –, sitzen zu bleiben.

Er wagt auch nicht, meiner Mutter den Wasserkessel zu

entreißen. So seufzt er bloß. Ein männlicher Jungmann, mitten im weiblichen Generationskonflikt, hat es nicht leicht!

Der Generationskonflikt ist dann zugunsten meiner Mutter ausgegangen. Der junge Mann hat verlegen weiter gegähnt, meine Mutter hat Kaffee gekocht und Tasse und Löffel und Milch und Zucker herbeigetragen.

Und am Abend hat sie geklagt, daß ihr alle Knochen und sämtliche Knöchelchen weh täten, weil sie den ganzen Tag keine Minute hat verschnaufen können.

Da hat ihre Enkelin zu einer längeren Rede den Mund aufgetan. Aber ich habe abgewunken. »Let it be!« habe ich ihr zugeflüstert. »Es ist sinnlos!« Und dann habe ich mir vorgenommen, daß ich morgen Kaffee kochen werde, falls irgendein männlicher Gähner Kaffee haben will.

Meine Mutter kann schließlich nichts für ihr verqueres Rollenverständnis. Aber es ist schon erstaunlich, daß Männer sogar aus weiblicher Solidarität ihren Nutzen ziehen.

Als Sigmund Freud darf jeder pfuschen

Daß Leute, die von einem Handwerk nichts verstehen, besser die Finger von diesem lassen sollten, hat sich herumgeredet, weil die Unfälle und Schäden, die durch falsch reparierte Bügeleisen, Abflußrohre, Autos, Betonüberlager und dergleichen entstanden sind, als warnende Belege allseits bekannt wurden.

Und falls sich doch jemand dumm und unwissend über Bügeleisen, Autos, Abflußrohre, Betonüberlager und dergleichen hermacht, werkt er üblicherweise nur an seinem eigenen Hab und Gut unsachgemäß herum.

Kaum jemand drängt sich auf, anderer Leute Bügeleisen kurzschlußgefährlich zu reparieren oder anderen Leuten Betonüberlager einsturzgefährlich einzumauern. Die Verantwortung, sagt man in solchen Fällen, könne man nicht auf sich nehmen.

Nur zur Behebung von psychischen Schäden an Menschen fühlt sich fast jeder Ungelernte bestens befähigt. Hat jemand in der Freundschaft, Verwandtschaft oder Bekanntschaft ernste Schwierigkeiten mit sich selbst, ist man zur Reparatur bereit!

Man krempelt sich die Ärmel auf und greift zum Handwerkzeug, bestehend aus zwei Dutzend vager Fachausdrücke. Wäre doch gelacht, wenn wir den Kerl nicht hinkriegen!

Tante Anna nimmt sich das »Reparaturstück« vor und fragt es nach seiner Kindheit ab, weil ja jeder weiß, daß von dort alles Ungemach herrührt. Schwester Berta hat einmal ein kluges Buch gelesen, in dem stand etwas über »paradoxe Intervention«. Die geht einfach! Mit der behandelt sie nun den armen Bruder.

Und die Freunde Curt und Dolferl können sich nicht einigen, ob der Freund nun eigentlich ein Neurotiker oder ein Psychopath ist. Und Freundin Elsi meint, das sei Jacke wie Hose, man müsse sich mehr ans »Psychodrama« halten und veranstaltet es nun allabendlich im Rahmen der Zweierbeziehung.

Wie auch immer, von Tante Anna bis Freundin Elsi weiß jeder, was der arme Mensch hat, woher das rührt und wie es zu beheben ist!

Es ist ja löblich, daß der Mensch den geliebten Mitmenschen nicht leiden lassen will und ihm helfend beistehen möchte. Das soll er ja auch. Nur soll er – bitte schön – nicht den gelernten Handwerker, den Fachmann, den Experten spielen.

Soviel Respekt wie vor einem Bügeleisen, einem Abflußrohr und einem Betonüberlager sollte man auch vor Menschenseelen haben.

»Großes Mutterleid« zum Beruf gemacht

Eine weibliche Person, die ich seit langem kenne und manchmal, meistens beim Einkaufen, treffe, beschwert sich gern und ausführlich bei mir über ihre Kinder. Sie hat zwei Stück, eines männlich, eines weiblich, beide in den besten Aufzuchtsjahren, sogenannte »Teens«.

Seit Jahren, immer wenn wir aufeinanderstoßen, erklärt mir diese Person, wie sehr sie unter ihrem Nachwuchs leide, weil der nur bei unerhört lauter Musik lebe.

Sie jammert: »Kaum sind sie bei der Tür reingekommen, drehen sie das Radio an! Daß er auch einen Knopf zum Abdrehen hat, wissen sie gar nicht! Und die ewigen Platten! Und der verdammte Recorder! Es ist einfach nicht auszuhalten. Ins eine Ohr säuselt mir der Discosound, ins andere zischt mir der Hardrock, und die Bässe wummern mir auf die Brust, als ob ich Herzflattern hätte!«

Wenn mir die Person ihren Gram vorträgt, fühle ich mit ihr, denn auch ich habe sensible Ohren, die den musikalischen Alltagswohnheiten der Menschen, mit denen ich hause, oft nicht gewachsen sind, und weiß, wie höllisch einem zumute wird, wenn man im Schnittpunkt von drei üppig fließenden Musikquellen hockt und tiefe Gedanken fassen soll.

Heute traf ich die weibliche Person wieder. Am Markt, bei einem Standl, befingerte sie Salat auf die Festigkeit ihrer Herzen hin, und auf meine Frage, wie es denn so gehe, seufzte sie gequält und legte dann los: Nicht auszuhalten sei es mit dem Nachwuchs und der Musik! So was von Irrsinn und nervtötendem Wahnsinn sei familienzerstörend!

Weil ich immer detailliert wissen will, an was meine Mitmenschen leiden, fragte ich: »Spielen die Ihnen jetzt auch dauernd diese verdammte blümchenblaue New wave, dieses einfallslose Gedudel?«

Da rief die weibliche Person empört: »Woher soll ich denn das wissen? Sie haben doch diese entsetzlichen Dinger auf der Brust und über den Ohren! Zugestoppelt und unansprechbar gehen sie durch die Wohnung. Sogar aufs Klo gehen sie damit! Zum Wahnsinnigwerden ist das! Verboten gehörten diese Walk-Männer!«

Daraus läßt sich eigentlich nur eines schließen: Eine gewisse Sorte von Müttern hat das Unter-Kindern-Leiden zu ihrer Lieblingsbeschäftigung erklärt. Man leidet unter lauten Kindern – und werden die Kinder leise, leidet man eben unter leisen Kindern. Wer das »große Mutterleid« zu einem Beruf gemacht hat, findet immer Arbeit.

Das würde Ihnen Fufi übelnehmen!

Zu Freunden – das haben wir schon in Kindertagen gelernt – soll man offen und ehrlich sein. Man muß aber – das haben wir später dazugelernt – jede Einmischung in ihr Leben bleiben lassen und sehr taktvoll mit ihnen umgehen.

In der Regel kann man diesen Anforderungen entsprechen, doch manchmal kommt man in Situationen, wo man nicht weiß, ob nun offene Ehrlichkeit oder taktvolle Verschwiegenheit angebracht wäre.

Sieht man, eine Bar betretend, den Mann von Freundin Fufi in turtelndem Gespräch mit der Barfrau, hat man keine Veranlassung, Fufi gleich telefonisch über diese Beobachtung zu informieren. Sitzt man aber täglich mit Fufi zusammen und muß hören, daß sie ihren Mann jeden Abend hart arbeitend im Büro wähnt, fühlt man sich schon gedrängt, von der Barfrau zu referieren; auch wenn man absolut keine Tratschen ist.

Geht es um der Freunde Kinder, wird die Sache noch heikler. Weiß man, daß die Tochter der Freundin Fufi Hasch raucht, von Fufi nicht genehmigte erotische Beziehungen unterhält oder viel mehr Geld ausgibt, als sie eigentlich haben könnte, weiß man noch weniger, wie man sich verhalten soll.

Einerseits sagt man sich, sollte Fufi über die Tochter Bescheid wissen, um helfend und lenkend eingreifen zu können. Andererseits sagt man sich, daß sich Fufis Tochter ohnehin nicht lenken und helfen läßt und daß man durch seine Einmischung nur viel sinnlose Aufregung verursachen würde.

Entschließt man sich schließlich zum Reden, wird man

tatsächlich Urheber eines riesigen Familienkrachs, und noch zehn Jahre später hält einem Fufis Tochter vor, man habe aus dem »einzigen Umfaller ihrer Jugendjahre« ein fünfaktiges Drama inszeniert.

Entschließt man sich aber zum Mundhalten und bleibt verschwiegen, macht man sich noch zehn Jahre später Vorwürfe und sagt sich: »Hättest du damals rechtzeitig etwas gesagt, wäre es mit Fufis Tochter vielleicht nicht so weit gekommen!"

Kurz und schlecht: Wie man es macht, man macht es falsch!

Doch gottlob gehen Freundschaften daran noch nicht zugrunde. Nur eines ist zu vermeiden: Zuerst Verschwiegenheit zu üben und dann, wenn Fufi aus anderen Quellen informiert wird, zu sagen: »Ach Fufi, das weiß ich doch längst!«

Das würde Fufi zu Recht übelnehmen!

Was halten Sie von Großfamilien?

Immer öfter lese ich, daß viel zwischenmenschliches Leid durch die »Kleinfamilie« entstehe. Vater, Mutter und Kinder, behaupten etliche Familienexperten, reichen nicht für eine glückliche Familie. Die Großfamilie mit Oma, Opa, Eltern, Kindern und – wenn möglich – Tanten, Onkeln, Nichten und Neffen muß wieder her!

In Großfamilien können Kinder nach Belieben Bezugspersonen wählen. Klappt – zum Beispiel – die Beziehung zwischen Mutter und Tochter nicht, hat die Tochter die Chance, zur Oma oder einer Tante eine gute Beziehung aufzubauen.

Einen Babysitter, wenn die Eltern ausgehen wollen, braucht man auch nicht. Immer ist jemand da, der auf Kinder aufpaßt. Aus diesem Grund würde man auch Horte und Ganztagsschulen nicht brauchen. Und alte Menschen würden nicht mehr einsam sein und sich unnütz vorkommen.

Großfamilien sind auch finanziell gut dran, denn eine Großwohnung kostet an Miete und Spesen meistens weniger als drei Mittel-Wohnungen. Und arbeitssparend ist das Großfamilienleben, weil drei Kilo Schwein zu braten weniger Mühe macht als dreimal ein Kilo Schwein zu braten.

Als eine, die immer nur in Kleinfamilien gelebt hat und oft von diesen frustriet war, gefallen mir diese Argumente schon. Einziger Haken an der Sache: Die paar Großfamilienmitglieder, die ich kenne, singen der Großfamilie kein Loblied. Vor allem Frauen scheinen es in Großfamilien schwer zu haben; mit Frauen. Machtkämpfe zwischen den Generationen dürften in Großfamilien üblich sein.

Entweder fühlen sich die Alten unterdrückt oder die Jungen. Oder die Front verläuft zwischen Stammfamilie und Zugeheirateten.

Ich kenne eine alte Dame, die hat nach einem halben Jahrhundert die Lebensgemeinschaft mit ihren Nachkommen aufgelöst und eine eigene, kleine Wohnung bezogen. Jeden Morgen, wenn sie erwacht, sagt sie angeblich zu sich: »Annerl, *jetzt* geht's dir gut!« Vorzustellen ist, daß die verlassene Schwiegertochter jeden Morgen ähnliches sagt oder denkt.

Zusammenleben ist eben nicht einfach. Mit je mehr Menschen man es muß, um so schwerer scheint es zu werden. Aber: Wenn wir alle tolerante, einfühlsame und grundgütige Menschen wären: dann wäre die Großfamilie – da glaube ich den Experten – wirklich ideal.

Gestern erzählte mir meine Mutter, sie habe auf dem Heimweg vom Einkaufen eine alte Bekannte getroffen, eine fast achtzigjährige Frau, mit viel zu hohem Blutdruck und auch sonst nicht mehr die »Allergesündeste«. Beim Austausch der altersbedingten Beschwerden habe diese Frau meiner Mutter geklagt, daß sie die anfallende Hausarbeit nur mehr mit Mühe schaffe.

Da sei vor allem ihr Enkel, ein zweiundzwanzigjähriger junger Mann, der wohne zwar nicht bei ihr, aber seine Wäsche bringe er ihr immer. Und der junge Mann wünsche für jeden Tag ein »frisches Hemd«. Und das Bügeln dieses täglichen Hemdes bereite der alten Frau große Schwierigkeiten.

»Ja, warum tut sie es denn?« fragte ich. »Der junge Mann –«

»Genau!« unterbrach mich meine Mutter. »Das habe ich ihr auch gesagt! Der junge Mann hat ja schließlich nicht nur eine Großmutter, sondern auch eine Mutter!«

»Mutti!« rief ich rügend, und meine Mutter schwieg und schaute leicht schuldbewußt, weil sie sich – durch viele Gespräch mit mir indoktriniert – theoretisch längst zu der Ansicht durchgerungen hat, daß Hausarbeit auch Männerarbeit sein könnte. Doch Theorie und Praxis sind leider zweierlei: »Aber der junge Mann ist doch den ganzen Tag in der Arbeit!« trumpfte meine Mutter auf.

»Seine Mutter auch!« entgegnete ich, die Familienverhältnisse wohl kennend.

»Aber ein junger Mann kann doch gar nicht bügeln«, sagte meine Mutter.

»Jeder junge Mann kann das lernen«, sagte ich.

Damit waren meiner Mutter auch die praktischen Argumente ausgegangen, und sie rief, als letzten Ausweg: »Ich bitt' dich! Immer dieser Justamentstandpunkt! Eine gute Mutter macht so Kleinigkeiten einfach aus Liebe!«

Ja, ja! Genau das ist der Punkt, an dem die Männer, alte wie junge, heutzutage den Hebel ansetzen. Denn die Zeiten, in denen man Frauen durch ökonomische Abhängigkeit zu Dienstleistungen an Männern zwingen konnte, sind vorbei. Jetzt bügeln wir aus »Liebe«. Und hält die Mama nichts von dieser Form der Zuneigung, springt die Oma ein. Und gibt es die nicht mehr, wird ein junges Fräulein »aus Liebe« tätig. Irgendwie retten die Männer schon ihre Faulheit durch die Generationen.

Die neuen Väter: Liebe auf Zeit

Die »neuen Väter« haben sich im letzten Jahrzehnt von einer vernachlässigenswerten Minderheit zu einer recht beachtlichen Minderheit gemausert. »Neue Väter« sind die, die mit dem Kinderwagen fahren, Breichen verfüttern, Baby baden und wickeln und überhaupt so viel Anteil an der Erziehungsarbeit nehmen, daß sie ihren Kindern zu echten Bezugspersonen werden.

Da ist es auch nicht erstaunlich, wenn den »neuen Vätern« wissenschaftliches Interesse zuteil wird und in der einschlägigen Literatur, wo früher fast nur von der Mutter-Kind-Beziehung abgehandelt wurde, jetzt auch von der Vater-Kind-Beziehung und Untersuchungen zu dieser zu lesen ist.

Wie sich – angeblich – die Abwesenheit des Vaters auf die Entwicklung des Kindes auswirkt, hat man uns ja schon längst lang und breit auseinandergesetzt.

Nun wird aber auch untersucht, wie sich die Anwesenheit des Mannes – die hegende und pflegende, nicht die zeitungslesende und fernschauende – auf das Kind auswirkt.

Aus den mir bekannten Studien geht hervor, daß es nicht vom Geschlecht abhängt, zu welchem Elternteil ein Kind eine intensivere Bindung aufbaut.

Vater und Mutter sind in gleicher Weise für die Säuglingspflege geeignet (abgesehen vom Stillen natürlich), und auch die Unterschiede im mütterlichen und im väterlichen Pflegeverhalten sollen nicht allzu groß sein.

Und was den »neuen Vätern« an ihrer selbstgewählten Rolle mißfällt, wird den meisten Müttern recht bekannt vorkommen: Sie beklagen, immer verfügbar sein zu müs-

sen, sie vermissen die fehlende Gesellschaft Erwachsener und finden zuwenig Unterstützung bei ihrer Umwelt. Es geht ihnen also, könnte man sagen, ganz wie den Müttern!

Aber wenn ich dann lesen muß, daß fünfzig Prozent der Familien, die für diese Studien untersucht werden, nach längstens zwei Jahren wieder zum »traditionellen Lebensstil« zurückgekehrt sind, merke ich doch, daß zwischen Vätern und Müttern immer noch ein großer Unterschied ist.

Die Männer können anscheinend, wenn es ihnen nicht mehr paßt, den »neuen Vater« ablegen, wieder ihren Geschäften und ihren Neigungen nachgehen und dabei ganz auf die »alte Mutter« vertrauen.

Unter den vielen dummen Fernsehwerbespots, die mich ärgern, gibt es einen Langzeit-Renner, der, so oft ich ihn auch sehen und hören muß, nichts von seinem negativen Reiz für mich einbüßt.

Ich meine den, wo eine blonde Dame zur Handpflegerin kommt und die Handpflegerin die Händer der Dame inspiziert und sich darüber freut, daß die Dame nun keine rauhe Haut mehr auf den Handerln hat.

Die Dame erklärt die neuerdings so gute Hautqualität damit, daß seit geraumer Zeit ihr Ehemann den Abwasch mache. Worauf die Hautpflegerin dreinschaut, als habe sie ganz entsetzliche Kunde vernommen, und konsterniert und kulleräugig fragt: »Ihr Mann?«

Und dann schaut die Blonde beschämt, doch gleich darauf wird sie wieder froh, denn die Handpflegerin verrät ihr die Marke eines Geschirrspülmittels, welches nicht nur das Geschirr blitzsauber macht, sondern auch ein wahrer Handbalsam ist.

Na fein! Jetzt braucht der Ehemann der Dame seine männlichen Männerhände nicht mehr ins Abwaschwasser zu tauchen!

Welch wirres Gehirn, frage ich mich, meinte, mit dieser Botschaft auf Frauen der neunziger Jahre positiven Eindruck zu machen?

Hat sich in den Werbeagenturen noch immer nicht herumgesprochen, daß die Frauen heutzutage – alte wie junge – daran interessiert sind, ihre Ehemänner an der Hausarbeit soweit als möglich zu beteiligen?

Auch wenn sie überhaupt keine Probleme mit ihren Händen und deren Rauheit haben?

Warum eigentlich kommen die Werbeleute nicht endlich auf die zeitnahe Idee, den Männern ein Geschirrspülmittel anzudienen? Vielleicht mit einem Slogan wie: »Harter Dreck braucht harte Hand!« Oder: »Rauhe Pranken lieben weiches Wasser!«

Kaum eine Frau, glaube ich, würde den Supermarkt verlassen, ohne das Spezialspülmittel für den modernen Mann eingekauft zu haben.

Die Werbeherren müßten das eigentlich wissen. Aber vielleicht haben sie Angst, die eigene Ehefrau könnte ihnen dann auch so eine Flasche nach Hause bringen.

Nachstehendes hat nur insofern mit »Haushalt« zu tun, als es meinen Gefühlshaushalt zum Sieden brachte; was sich wiederum auf meinen Haushalt auswirkte, weil ich nur in sanfter Gemütslage gut koch' und bereit bin, anderer Leute Mist wegzuräumen. Was meinen Gefühlshaushalt irritierte und zum Sieden brachte, war dieses:

Ich saß im Kaffeehaus, las Zeitung und achtete nicht der Gäste, die hinter mir Platz nahmen.

Beim Sportteil angekommen, der mein Interesse nur minimal beansprucht, widmete ich einen Teil meiner Aufmerksamkeit dem Gespräch der Leute hinter mir und hörte folgendes:

Herr 1 (angewidert): »Hast die Frau vom Fritzi in letzter Zeit gesehen?«

Herr 2 (schaudernd): »Brr! Schrecklich!«

Herr 1: »So was von fett! Und schiach wie der Zins! Ungustig!«

Herr 2: »Des Doppelkinn und der Bauch!«

Herr 1: »Und Haar wie ein Klobesen!«

Herr 2: »Ich glaub', sie trinkt auch!«

Herr 1 (entschieden): »A schrecklichs Weib! Ka Wunder, daß er eine andere hat!«

Hierauf endete der Dialog in Geseufze, ich drehte mich um und besah die zwei Herren.

Jeder von ihnen wog hundert Kilo.

Der Fettbauch des einen war so enorm, daß er zwischen Hemdknöpfen behaart herausquoll.

In beider Herren Bärte waren außer Bierschaum auch Brotkrümel und Gulaschsaft.

Um die Glatzen der zwei Herren kräuselten sich fettige, ungekämmte Resthaare, und hätten sie Krawatten getragen, wären die Krawattenknöpfe garantiert von den Speckfalten ihrer Vierfachkinne verdeckt gewesen.

Ich starrte die zwei an. Sie nahmen meinen intensiven Blick zur Kenntnis und lächelten. Da sehr fette Gesichter wenig Mimik haben, bin ich mir nicht ganz sicher, ob sie mir nicht auch zugezwinkert haben; doch fast möchte ich es annehmen.

Schließlich standen meine zwei Herren auf und schritten bierrülpsend Richtung ∞. Sie kamen an einem Spiegel vorbei, blieben stehen, beschauten sich zuversichtlich im spiegelnden Glase – der eine wischte mit dem Handrücken Schaum vom Bart, der andere fuhr sich mit allen zehn Würstelfingern durchs restliche Haupthaar –, dann marschierten sie weiter.

Stolz, selbstbewußt und sicher!

Ein Fettbauch, ein Vierfachkinn, ein Krümelbart, eine Struwwelglatze – solange man männlichen Geschlechts ist, spielt das anscheinend keine Rolle. Man ist ja gottlob nicht Fritzis Frau!

Manchmal in geselliger Runde spricht man über ein abwesendes Paar. Nein, man redet nicht schlecht über die Leute, ganz im Gegenteil, man lobt sie, staunt über sie. »Ja, ja«, sagt einer, »die haben sich was geschaffen! Das Haus, die Möbel, den großen Wagen. Und er fährt Ski und surft und ...«

»... und sammelt noch die teuren Briefmarken«, ergänzt ein anderer, und ein dritter sagt: »Und dabei haben sie gar keine Schulden!« Und der vierte fragt: »Wieso können die sich das leisten? Die verdienen ja auch nicht mehr als wir!«

Dann legt sich sinnende Stille über die Runde, jeder sucht für sich nach des Rätsels Lösung. Haben die eine reiche Oma? Oder sonstwo geerbt? Hat er Einkünfte, geheime?

Schließlich bricht einer, und der ist garantiert ein männliches Wesen, das sinnende Schweigen und sagt: »Sie kann eben sparen! Sie hält das Geld zusammen!«

Die Männer der Runde nicken zustimmend, die Damen schauen leicht verbittert, denn im Klartext heißt das ja: Wenn ihr auch so sparsam wärt, hätten wir auch ein großes Auto, ein Haus, einen Afrika-Urlaub und eine teure Briefmarkensammlung!

Warum, frage ich mich, erwartet man immer von den Frauen, daß sie das Geld »zusammenhalten«? Typische Männerantwort: Na klar, sie geben es ja auch aus!

Da haben die Männer recht! Und es ist auch gut, daß die Frauen die Geldausgeber in der Familie sind, denn Männer können, bis auf rare Ausnahmen, noch weniger sparen als Frauen.

Da braucht man bloß im Supermarkt die vereinzelt rollenden Männer und ihre vollgepackten Wägelchen, in denen alles lagert, was gut und teuer ist, anschauen!

An der Kassa müssen die Herren dann oft das Scheckheft zücken, weil sie nicht geahnt haben, was das eingeladene Zeug so kostet.

Auch wenn Männer Geschenke kaufen, sagen mir Verkäuferinnen, zeigen sie sich generös und fragen kaum nach Preisen.

Und besucht eine Männerrunde ein Lokal, wird nach Lust und Laune bestellt und nicht nach den Preisen der Speisekarte.

Und Männer, die, um drei Rindsschnitzel geschickt, mit vier Filets und 15 dag Parmaschinken heimkehren, sind auch nicht selten. Kleinlichkeit ist halt nicht des männlichen Mannes Sache!

Darum ist es sehr logisch, daß die Frauen das Geld zusammenhalten müssen. Sonst hätten ja ihre Männer keine Möglichkeit, großzügig zu sein!

Die Frauen tun den Männern wirklich unentwegt unrecht! Sie mißverstehen die Taten der Männer, sie versuchen ihnen allerlei Böses zu unterstellen und ihnen niedrige Motive zu unterschieben, sie versuchen aber vor allem, Männer zu einem Leben zu zwingen, das den armen Männern von Natur aus überhaupt nicht liegt, unter dem sie leiden wie Schweine!

Nicht nur, daß die Frauen in der letzten Zeit ihre Männer zur Teilnahme an der Hausarbeit und zur partnerschaftlichen Nachwuchsbetreuung drängen wollen, erwarten sie auch noch – und das nicht erst jetzt, sondern schon seit langer, langer Zeit – so etwas wie »eheliche Treue« von ihnen.

Dieses Begehr, geneigte Leserin, ist jedoch echt abartig! Grollen Sie Ihrem Partner, weil der intime Beziehungen zu anderen Frauen unterhält, so ist das genauso uneinsichtig von Ihnen, wie wenn Sie Ihrem armen Hund grollen, weil der hinter Katzen herbellt.

Der Mann nämlich, werte, uneinsichtige Leserin, hat nicht nur einen ausgeprägten Wunsch nach häufig wechselnden Sexualbeziehungen und Vorliebe für Pornographie und junge, gut gewachsene Körper, man muß ihm diese Wünsche auch erfüllen, denn hinter diesen Wünschen steht die männliche Erwartung, das »Reproduktionspotential« zu erhöhen, und dies ist so, weil es nur wenig gibt, was die Libido eines gesunden Mannes nicht stimulieren kann. Frauen hingegen suchen nach beständigen Beziehungen, die ihnen die Sorge um die Nachkommenschaft erleichtern.

Diese schönen Weisheiten habe ich mir nicht selbst zusammenspintisiert, solche artigen männerfreundlichen Aussagen sind neuerdings bei Sexualforschern und Anthropologen zu lesen. Ist ja auch wahr, man muß ja endlich etwas für die Männer tun! So ein paar Jahrzehntel Frauenemanzipation jagen einem ja sonst den schieren Schreck ein!

Also bitte schön, werte Damen, seien Sie Ihren werten Herren nicht mehr gram, wenn diese ihrem »Reproduktionsdrange« nachgehen. Danken Sie lieber dem Himmel für die schöne, neue Sicht auf männliche Untreue!

»Hasi, soll ich Geschirr trocknen?«

Unlängst saß ich in einem sogenannten »In-Lokal«. Am Tisch neben meinem Tisch hockten zwei junge Herren, wovon mir der eine, weil er eine absolute »In-Person« ist, bekannt war.

Da ich, in Lokalen sitzend, immer sehr heftig an dem interessiert bin, was an Nachbartischen gesprochen wird, lauschte ich dem Gespräch der zwei jungen Herren wesentlich aufmerksamer als dem Redefluß meines eigenen Tischherrn.

Zuerst drehte sich ihr Gespräch um allerlei gehobene und gesunkene In-Probleme. Dann ging die Beisltür auf, und eine junge Dame kam herein. Die junge Dame war mir auch ein bißchen bekannt.

Die junge Dame schaute sich um, winkte dem mir bekannten Herrn am Nachbartisch zu, und der mir bekannte Herr winkte zurück.

Und während sich die junge Dame durch das vollbesetzte Lokal den Weg zum Nachbartisch bahnte, sagte der mir bekannte junge Herr, voll Besitzerstolz, zu seinem Tischkumpan: »Na, was sagst? Ist sie nicht ein geiles Gerät?«

Der Tischkumpan stieß einen kurzen, zustimmenden Pfiff aus. Zu weiterem Kommentar kam er nicht mehr, denn die junge Dame war schon beim Tisch angelangt.

Galant erhoben sich beide Herren, warteten, bis die junge Dame Platz genommen hatte, setzten sich wieder, und der mir bekannte junge Herr hauchte der jungen Dame, dem »geilen Gerät«, einen sanften, innigen, dezenten Kuß auf die Wange.

Da Wien ein Nest ist, in dem jeder von jedem alles

erfahren kann, wenn er ein bißchen herumfragt, erfuhr ich noch am gleichen Abend, daß die junge Dame den jungen Herrn, der sie bei seinen Freunden als »geiles Gerät« einführt, in ein paar Wochen ehelichen wird.

O du Hölle, sagte ich mir. Vor so einem Chauvi, vor so einem Macho, vor so einem fiesen Stück sollte man die junge Dame eigentlich warnen. So eine Ehe muß ja schieflaufen.

Doch dann fielen mir, dank meiner Lebenserfahrung, alle Herren ein, die ich schon so hübsch irre gespalten durchs Leben gehen sah.

Sie haben eine Diktion für die Kumpel und eine fürs traute Heim. In der »Bruderschaft« reden sie von »geilen Geräten«, daheim fragen sie: »Hasi, soll ich Geschirr trocknen?«

Außer Haus tun sie, als hätte man ihnen die Ehe aufgezwungen. Zu Hause weinen sie Rotz und Wasser, wenn die Ehefrau die Scheidung will.

Schön ist das nicht. Doch anscheinend läßt es sich auch mit solchen Herren leben. Sonst gäbe es ja dreimal soviel Scheidungen bei uns als statistisch erwiesen.

Unsere Sprache ist sexistisch und frauenfeindlich. Unentwegt tut sie Frauen verbal Gewalt an und bevorzugt die Männer!

Das lese ich schon seit geraumer Zeit in Artikeln und Aufsätzen von Frauen, die bemüht sind, dieser Gemeinheit ein Ende zu bereiten, aber ignorant wie ich bin, habe ich diesem Problem bisher nicht viel Ohrenmerk geschenkt.

Jedoch heute, im Liegestuhl sitzend und geschlossenen Auges alle Ungerechtigkeiten der Welt überdenkend, fiel mir das empörende Sprachproblem wieder ein, und ich mußte feststellen: Es ist wirklich gemein!

Die Männer kommen – zum Beispiel – immer zuerst dran. Auf amtlichen Formularen ist das festzustellen. Herr/Frau/Fräulein, heißt es da. Und in der Literatur von der Bibel bis zu den Brüdern Grimm tönt es gleicherart: Adam und Eva, Romeo und Julia, Hänsel und Gretel. Nur beim Schneewittchen stimmt mein Beispiel nicht. Aber da geht es ja um sieben Zwerge und nicht um sieben Männer.

Apropos Männer! Es gibt Männer und Frauen, aber höflicher klingt doch: Herren und Damen. Deswegen werden Männer stets mit »Herr« angeredet, niemand sagt: »Mein Mann, bitte folgen Sie mir!«

Aber unsereiner wird nie als »Dame« angeredet. »Dame Meier ans Telefon, bitte«, habe ich noch nie gehört, obwohl es Streiterinnen dafür gibt, die die »Dame Meier« endlich durchsetzen wollen.

In Bad Harzburg, habe ich gelesen, gibt es Dame Rechenberg, die strudelt sich seit Jahren dafür ab, daß endlich das ordinäre »Frau« gegen das edle »Dame« ersetzt werde.

Und Dame Rechenberg hat auch noch eine viel größere sprachliche Gemeinheit aufgedeckt: »das Mädchen« und »das Fräulein«.

Es heißt: der Bub, der Junge, der Knabe. Den männlichen Kindern wird ihr männliches Geschlecht zuerkannt. Unsereiner ist als Kind sächlich. Dame Rechenberg schlägt »die Mädchen« und »die Fräulein« (Einzahl natürlich) vor.

Warum auch nicht? Das kleine »frau« statt dem kleinen »man« hat sich in sprachbewußten Frauenkreisen ja auch schon durchgesetzt. »Der junge Mann pfeift hinter der jungen Mädchen her, aber die junge Mädchen ist eine gut erzogene Fräulein und dreht sich nicht einmal um!«

Potztausend, schön klingt das nicht. Aber auf Schönheit sollte man auch nicht achten, wenn es um die Befreiung der Frauen geht. Und wenn wir einmal von klein auf unseren richtigen Artikel haben, dann haben wir es geschafft!

Oder?

**Geschichten,
Anekdoten und
Humoresken**

Christine Nöstlinger

Manchmal möchte
ich ein Single sein

Geb., 128 Seiten, illustriert
öS 168,– / DM 24,– /
sFr 25,30

Um den täglichen Kleinkram einer Hausfrau geht es in diesen
Glossen, der „Bericht zur Situation der Frau" wird am Alltags-
detail demonstriert. Christine Nöstlinger kommt dabei ohne
Anklage aus. Weil sie weiß, daß man lächelnd, schmunzelnd
oder grinsend richtige Einsichten und Ansichten lieber
annimmt als mit erhobenem Zeigefinger Vorgebrachtes.

VERLAG NIEDERÖSTERREICHISCHES PRESSEHAUS
ST. PÖLTEN–WIEN

Christine Nöstlinger
im dtv

© Isolde Ohlbaum

Werter Nachwuchs

»Wer Humor hat, schafft das Leben leichter.« Christine Nöstlingers Emma K. hat viele Erfahrungen in ihrem Leben gemacht. Als 75jährige versucht sie diese in fiktiven Briefen an ihren »werten Nachwuchs« weiterzugeben. Liebevoll-spöttisch setzt sie sich mit Problemen auseinander, wie sie in jeder Familie vorkommen. Ob es um die Urlaubsplanung mit oder ohne Oma, um Liebe im Alter, um Konsumgewohnheiten, um Fragen der Erziehung oder der Emanzipation geht – man wird sich häufig selbst erkennen, nachdenklich werden oder schmunzelnd dieser Frau und Mutter beipflichten. dtv 11321

Das kleine Frau – Mein Tagebuch

»Streß muß nicht sein! Gestreßt ist eine Frau nämlich nur dann, wenn sie nicht ordentlich planen und richtig einteilen kann. Kann eine Frau planen und einteilen, dann hat sie, trotz Haushalt, Kinderbetreuung und Beruf, ein erfülltes, aber streßloses Leben und daher auch ein ausgeglichenes Gemüt, samt einem friedvollen Lächeln um die Lippen. – Woher ich das weiß? Wieso ich das so sicher behaupten kann? Na deshalb, weil ich es schon tausendmal in Frauenzeitschriften gelesen habe!« dtv 11452

Manchmal möchte ich ein Single sein

Trotz Erleichterung und Stolz kommen der gestreßten Hausfrau und Mutter Zweifel an ihrer Diplomatenrolle. Es sind nicht die einzigen, die an ihr nagen und sie im stillen seufzen lassen: Manchmal möchte ich ein Single sein. Christine Nöstlinger berührt so manchen wunden Punkt im hausfraulichen Dasein und kommt zu überraschenden Einsichten und Ansichten. dtv 11573

Haushaltsschnecken leben länger

Was ist nur aus uns geworden? Mütter wollen gebraucht werden Zwiegespräch mit einem Kuchen Sie & Er: Man müßte nein sagen können

Auf witzig-ironische Weise werden hier Alltagprobleme glossiert, wie sie Ehe, Haushalt, Kindererziehung, Gäste und Hobby mit sich bringen. dtv 10804

Amei-Angelika Müller im dtv

Pfarrers Kinder, Müllers Vieh
Memoiren einer unvollkommenen
Pfarrfrau

Sie ist ein Morgenmuffel, Kochen
ist nicht ihre Stärke, und auch sonst
entspricht sie nicht dem Ideal einer
Pfarrfrau. Sie wollte auch alles
andere werden, nur das nicht. Doch
sie lernte einen Theologiestudenten
kennen – und lieben.
dtv 1759 / dtv großdruck 25011

Foto: Studio Kleiber

In seinem Garten freudevoll...
Durchs Gartenjahr mit
Wilhelm Busch

Jeder glaubt Wilhelm Busch zu
kennen, doch eine Seite des be-
rühmten Zeichners, Dichters und
Philosophen ist weniger bekannt:
Er war ein großer Naturfreund und
Hobbygärtner. Amei-Angelika
Müller hat diesen »anderen«
Wilhelm Busch aufgespürt in seinen
Briefen, Gedichten und Zeich-
nungen, in denen er von Gärtners
Freud und Leid erzählt, das mensch-
liche Leben mit dem Ablauf der
Jahreszeiten vergleicht und Tiere
und Pflanzen beobachtet.
dtv 10883

Ich und du, Müllers Kuh
Die unvollkommene Pfarrfrau
in der Stadt

Nach sieben Jahren in der länd-
lichen Pfarrei folgt Amei-Angelika
Müller ihrem Mann auf eine Pfarr-
stelle in der Stadt. Neue Erlebnisse
und Erfahrungen warten auf die
»unvollkommene Pfarrfrau«, von
denen sie mit viel Selbstironie und
gekonnter Situationskomik erzählt.
dtv 10968

Sieben auf einen Streich

Eine herzerfrischend fröhliche,
witzige und humorvolle Familie-
geschichte: Sieben Geschwister
nebst Anhang, insgesamt siebzehn
Personen, darunter nicht weniger
als drei Pfarrer, versammeln sich
zu einem Familientreffen im Harz.
Vergnügliche Einblicke in eine ganz
und gar unmögliche Familie...
dtv 11204

Veilchen im Winter

Was macht eine junge Frau, die sich
von ihrem skibegeisterten Ehemann zum gemeinsamen Winter-
urlaub überreden läßt, obwohl sie
selbst völlig unsportlich ist und
den Winter zutiefst verabscheut?
Sie würde nach wenigen Tagen ent-
täuscht und zornig abreisen – wäre
da nicht eine gleichgesinnte Seele
in Gestalt eines kleinen Jungen.
dtv 11309

dtv
Crime
Ladies

Agatha Christie:
16 Uhr 50
ab Paddington
dtv 11687

Amanda Cross:
Albertas Schatten
dtv 11203

Gefährliche Praxis
dtv 11243

In besten Kreisen
dtv 11348

Eine feine
Gesellschaft
dtv 11513

Schule für höhere
Töchter
dtv 11632

Tödliches Erbe
dtv 11683

Süßer Tod
dtv 11812

Der Sturz aus dem
Fenster
dtv 11913   (8/94)

Maria Rosa
Cutrufelli:
Die unwillkom-
mene Komplizin
dtv 11805

Fran Dorf:
Die Totdenkerin
dtv 11858   (4/94)

Frances Fyfield:
Schatten im Spiegel
dtv 11371

Feuerfüchse
dtv 11451

Dieses kleine,
tödliche Messer
dtv 11536

Tiefer Schlaf
dtv 11786

Jennie Gallant:
Die Konfettifrau
dtv 11521

Ruby Horansky:
Die Polizistin
dtv 11874   (5/94)

Alexa Juniper:
Matthew's Mutter
dtv 11686

Li Ang:
Gattenmord
dtv 11213

dtv
Crime
Ladies

Zelda Popkin:
Rendezvous
nach Ladenschluß
Kriminalroman

MordsFrauen
18 Kriminal-
geschichten

Sharyn McCrumb:
Lieblich bis auf die
Knochen
dtv 11813

Nancy Pickard:
Alles andere
als ein Unfall
dtv 11685

Marissa Piesman:
Kontaktanzeigen
dtv 11682
Leiche in bester
Lage
dtv 11875   (5/94)

Marissa Piesman:
Kontaktanzeigen
Kriminalroman

Zelda Popkin:
Rendezvous nach
Ladenschluß
dtv 11559
Karrierefrauen
leben schneller
dtv 11640
Die Tote nebenan
dtv 11804

Suzanne Prou:
Die Schöne
dtv 11349

Joan Smith:
Schmutziges
Wochenende
dtv 11387
Wer wohnt schon
noch bei seinem
Mann
dtv 11466
Ein häßlicher
Verdacht
dtv 11550

Rosamond Smith:
Der Andere
dtv 11370
Das Frühlingsopfer
dtv 11859   (4/94)

Hannah Wakefield:
Die Journalistin
dtv 11542
Die Anwältin
dtv 11681

Margarete Zigan:
Möwenfutter
dtv 11684

MordsFrauen
dtv 11377

Alle meine
Mordgelüste
dtv 11647

Da werden Weiber
zu Hyänen
dtv 11787

Mord am Fjord
dtv 11902   (7/94)

Ilse Gräfin von Bredow:
Kartoffeln mit Stippe
Eine Kindheit in der märkischen Heide

Ilse Gräfin von Bredow:
Kartoffeln mit Stippe
Eine Kindheit in der
märkischen Heide

Das »reizende Fleckchen Erde«, wie es die Sommer-
frischler nennen, ist in den Augen seiner Bewohner
das »mickrigste« Dorf weit und breit. Aber es ist ein
Kindheitsparadies. Hier leben in einem höchst
ungräflich einfachen Forsthaus die Bredows, Nach-
fahren eines der ältesten Adelsgeschlechter in der
Mark Brandenburg. Und hier wachsen in den dreißiger
Jahren Ilse und ihre Geschwister auf. Es ist eine glückliche Kindheit, an die sie sich erinnert, geprägt von
der geliebten Mutter, dem bärbeißig-gutmütigen Vater,
von skurrilen Verwandten, ehrgeizigen Erzieherinnen,
von Hausmädchen, Spielkameraden und den Leuten
aus dem Dorf mit all ihren Tugenden und Schwächen.
Bredow erzählt mit »herzerfrischender Natürlichkeit«
(Verena Auffermann in der ›Rhein-Neckar-Zeitung‹),
»naiv, frisch, ehrlich und echt« (Geno Hartlaub im
›Deutschen Allgemeinen Sonntagsblatt‹). dtv 11537